ャード・
ンディア・
ドフォード

ッドフォード家の次
て、 最強の騎士。
で歪んだ正義感を
おり、【断
と呼ば
広域破
魔導式
する。

仲村マリナ

人間不信ぎみな野良犬のような少女。
現世で民兵として戦っていたが、魂魄人形に魂を定着させられ、異世界に転生した。

ダリウス・ヒラガ

エリザを狙う魔獣使い。
〔騎士甲冑〕を纏った魔獣を操ってエリザを襲撃する。
有能な魔導士でもあり、複数の魔導式を操る。

エリザベート・
ドラクリア・バラスタイン

穏やかで控えめな辺境伯公女。
父を戦争で亡くし、一人で辺境領を治めていた。爵位継承のため、マリナを異世界へ召喚する。

『バレットM82A1ライ
――12.7mmの徹甲弾で鋼鉄の敵を屠る
「異世界」の対物兵器である。

チウッ
リラエ

名門ェ
男にし
独善的
掲げて
罪式】
れる、
壊用の
を使用

武装メイドに魔法は要らない

忍野佐輔

ファンタジア文庫

3063

口絵・本文イラスト　大熊まい

儂を屈服させたるは、いかなる魔導式か？

――いいえ竜様。これは魔導式ではありません。

ならば魔法か？　それとも奇跡か？

――いいえ竜様。これは魔法でも奇跡でもありません。

では何か。何が儂を討ち果たした。

――はい竜様。これなるは我が〝研鑽《ちかい》〟にございます。

――ブリタリカ王国詩史編纂局所蔵・地方説話集より――

装填《Loading》：そして契約は結ばれた

仲村《なかむら》マリナは武装戦闘メイドに憧れていた。

マリナはこの時代にしては珍しく漫画本《コミックブック》が好きな女だった。瓦礫《がれき》の下から本を見つけては寝床へ持ち帰ることが唯一の趣味であり、養っていた孤児たちが生きていた頃は彼らへ読み聞かせることもあった。

そういった過去《コミックブック》の遺産の登場人物《キャラクター》の中でマリナが〝武装戦闘メイド〟に執着した理由は二つある。自身の境遇と彼女らのソレが重なったこと。そして、にも拘《かか》わらず自分には決して持ち得ないものがあったからだ。

彼女らには敬愛する『ご主人様』と、主人へ尽くす『理由』があった。

それが、とてつもなく羨ましかったのだ。

尽くすべき主人《あるじ》を得て戦うことができたらどんなに良いだろう——そう願っていた。

そう。

どうせ戦うなら〝誰か〟のために戦いたかったのだ。

だって、こんな、誰が始めたかも分からない戦争で、爺様《じい》の頭の中にしかない『ニッポン』を取り戻せと民兵に仕立て上げられ、誰のためでもなく、ただ使い潰されるなんて。

最低だ。最悪の気分だ。

――遠く、機銃の掃射音が鳴り響いている。

それは崩壊しつつある世田谷《せたがや》戦線の断末魔だ。

この二子玉川《ふたこたまがわ》戦区を失えば、南ニッポンの首都は北軍《ホクグン》の手に落ちる。もはや自衛隊は太宰府《だざいふ》を守るので精一杯。米軍も横須賀《よこすか》から引き上げて久しい。意地を張っているのは、マリナを含む民兵組織だけ。守るべき住民すら既に敵なのだから。

そんなこと、今となってはどうでも良い話だった。

マリナは吹き飛ばされた右脚を見やる。

太ももから先が綺麗《きれい》になくなり、動脈からはこれでもかというほど血が溢《あふ》れ出ていた。

潜んでいた廃ビルが機関砲の掃射を浴びたのだ。直撃は避けたはずだったが、瓦礫《がれき》か流れ弾でも当たったのだろう。
痛みは、もう感じない。
つまり、もう助からない。
同じように死んだ仲間を何十人と見てきた。あと数秒、意識が保てば良い方。
「クソッ……タレ、」
マリナは震える手で、戦闘ジャケットの中から一冊の漫画本《コミックブック》を取り出す。
最後に、その表紙を目に焼き付けておきたかったのだ。
そこに描かれているのは、仲村マリナが最も尊敬し、誰よりも憧れる人。
メイド服に丸眼鏡。二丁拳銃を携えた――
「婦長、さま」
何度見ても、綺麗。
私もこんな風になりたかった。敬愛するご主人様のために戦いたかった。
意識が、遠のく。
――ああ、死んでしまう。
まあでも、別に良いか。
悔やむほど、特別良いことがあった人生でもない。苦痛ばかりの15年だった。

と、

『……死にゆく者よ、いま一度、その魂を役立てて欲しい……』

幻聴、だろうか。

マリナの耳にそんな声が届いた。

『……死後、我を主人《あるじ》とし尽くすのならば、汝《なんじ》の欲《ほっ》するものを与えん……』

欲しいもの……？　それなら、ある。

尽くしたいと思える『主人』。

そして、主人のために戦える『力』だ。

そう、叶《かな》うならば。

来世は素晴らしい主人に、武装戦闘メイドとしてお仕えできますように……。

そうして、
ニッポン統一戦線特二級抵抗員である仲村マリナは死に――契約は結ばれた。

第一話　メイド・in・異世界《ファンタジア》

短い秋が過ぎ、ブリタリカ王国バラスタイン辺境伯領は長い冬を迎えようとしていた。

大きく左右に広げられたガルバディア山脈の両腕。砂糖菓子のような雪化粧が施されたその腕に抱かれ、美しい高原も牧草の青を吸われてどこか寂しげだ。

だというのに。

『チェルノート』と呼ばれるその高原は今、山脈の隆起以来初めてと言えるほどの喧噪《けんそう》と活気に包まれていた。

無数の天幕が並び、その間を慌ただしく行き来する騎士や魔導士たち。

ここは竜翼騎士団《ナイツ・オブ・ドラクリア》の野営地。

対帝国の最前線である。

――その中を、少女が走っていた。

少女は慌ただしく行き交う騎士たちをすり抜け、迷いなく駆ける。自慢の銀髪《ブロンド》が乱れるのも、彼女の侍従が用意したドレスが汚れるのも構わず、野営地の中心部へと向かった。

そこに騎士団の長《おさ》を見つけたからだ。

「お父様っ」

少女が呼び止めると、天馬《ペガサス》に跨《また》がろうとしていた彼女の父――ブラディーミア十三世は
「おお、エリザベート」と巌《いわお》のような顔を綻ばせた。

全身を白銀の〔騎士甲冑《サークイルド・シャゼル》〕に包んだ男は、自身の胸へ飛び込んできた少女――エリザベートを優しく抱き止める。

「エリザベート、こんなところまで来てはいかんだろう。ミーシャはどうした？」

「お父様、どうかお考え直しください」

「何をだね」

「此度《こたび》の出陣をですっ」

二人のそばにいた騎士が慌てて周囲を見回す。騎士団長の娘が弱腰と取られては全軍の士気に関わるからだろう。

けれどエリザベートは言わねばならなかった。

「何故《なぜ》お父様が、しかもお一人で帝国と戦わねばならないのですか？　ガラン大公やエッドフォード伯爵の援軍を待つべきです。そうでなくても帝国は――」

「エリザ」

男は自身の娘の口に指を当てて言葉を遮る。

「いつも言っているだろう。王や貴族というものは――」

「――民草の幸せのために戦えるからこそ貴《とうと》いのだ」

父の口癖をそらんじたエリザに、男は「そうだ」と微笑《ほほえ》んだ。

エリザベートはその微笑みに歯がゆさを感じる。

父の信念は理解できる。故に尊敬もしている。わたしもそうありたいと願っている。

――けれど、ソレとコレとは違うのだ。

「ですが、だからと言って――」

「ですがも何もない。今やルシャワール帝国軍は目と鼻の先。民が蹂躙《じゅうりん》されるのを見て見ぬフリなどできぬ。いつ来るかも分からぬ援軍など待てぬよ」

「お兄様たちもそう言って帰って来なかったのではありませんかっ！」

エリザベートが語気を荒らげると彼女の父は「落ち着きなさい」と笑い、フワフワと癖のある銀髪《ぎんぱつ》を梳《と》かすように撫《な》でる。

「心配するな、エリザベート。帝国に騎士はいない。魔獣に乗った騎士もどきが何千何万いようと敵ではないよ。安心なさい。ヴィクトルとグラファールの仇《かたき》は私がとる」

言って、男は天馬《ペガサス》に跨がってしまう。

見れば、周囲の天幕から天馬《ペガサス》や一角馬《ユニコーン》、八脚馬《スレイプニル》といった幻獣たちが次々と天空へ飛び立っていく。バラスタイン辺境伯領が誇る竜翼騎士団《ナイツ・オブ・ドラクリア》。その全48騎である。

彼ら全てが一騎当千の騎士。一人一人が街ひとつを消し飛ばす力を持っている。その力には魔導士すら敵《かな》わず、故に騎士を倒せるのは騎士だけ。

それは千年前から変わらぬ絶対の理《ことわり》――の、はずだった。

騎士を持たないはずの帝国は、既に数十の王国騎士を討ち滅ぼしていた。その中にはエリザベートの兄二人も含まれる。帝国軍は得体の知れない〝何か〟を隠し持っているのだ。

そして父も、帝国が持つその〝何か〟に飲み込まれるのではないか。

そうなればバラスタインの名を持つ者は、わたし一人になってしまう――。

エリザベートの顔があまりに不安そうだったからだろう。空に上がろうとしていた男は、少し考えこむように顎髭《あごひげ》を撫でてから口を開く。

「そうだな。……そう、万が一、お前が独りで民のために戦わねばならぬ時は、塊鉄炉《フォージ》の印が押された棺《ひつぎ》を開きなさい。今は城の蔵で眠っているが、きっとお前の力になる」

「万が一なんて仰《おっしゃ》らないでくださいっ！　それにわたしが心配しているのは、家のことではなくお父様の御身体《おからだ》のことで――」

「はっはっは！

「なに、初代様から受け継いだこの『万槍《ばんそう》』さえあれば、そんなことにはならんだろうさ」

従者から受け取った槍《やり》を掲げ、父は空へ駆け上っていく。

その姿は確かに勇ましく、千年もの昔、魔人軍と戦った初代ブラディーミアを描いた絵画を彷彿《ほうふつ》とさせた。

そしてそれが、エリザベート・ドラクリア・バラスタインが見た、父の最後の姿だった。

◆◆◆◆

エリザベート・ドラクリア・バラスタインが〔魂魄人形《ゴーレム》〕を起動させようと思い至ったのは、父の言葉を思い出したからだった。

父が死んでから、もうすぐ一年になる。

あの日――竜翼騎士団《ナイツ・オブ・ドラクリア》48騎と、ルシャワール帝国軍三万八千が衝突したバラスタイン会戦にて両軍は大きな損害を被《こうむ》った。王国側は騎士43騎、随伴魔導士348名が討ち死にし、帝国軍は三万もの将兵を失ったことで、両国の休戦協定へと繋《つな》がったのだ。

その際に王政府は、帝国がすでに占領下に置いていたバラスタイン平原を含むガルバディア山脈以南を帝国へ割譲《かつじょう》。残ったバラスタイン辺境伯領北部も『統治能力不足』を名目に、そのほとんどを召し上げた。それらは大貴族たちに分配され、彼らの間で高まりつつあった王政府への不満を逸《そ》らすことに使われた。

帝国と大貴族たちに食い散らかされたバラスタイン家は、もはや辺境伯とは名ばかりの騎士侯以下の存在だ。そこに『西の古竜《ドラクリア》』と恐れられたかつての面影はない。

――だが。

それでもエリザベート・ドラクリア・バラスタインは父を誇りに思っている。

騎士と領地を失いはしたが、民を守り、拡大しつつあった戦争を止めたのだから。

たとえ、バラスタイン家唯一の生き残りであるエリザのもとに残されたのが、時代遅れの古城とその城下町だけだったとしても。

その古城――町の名から『チェルノート』と名付けられた城の地下蔵で、エリザは一つの棺と向き合っていた。

父が言い残した『塊鉄炉《フォージ》の印』の押された棺である。

石造りの薄暗い地下蔵はその広さに反して、まったく物がない。かつての領地にあったものはほとんどが召し上げられてしまったし、それ以外のものはエリザ自身が生活費のために売り払ってしまったからだ。本当なら天井の魔導灯《シャンデリア》すら点《つ》けたくないほどの貧乏貴族。唯一《ゆいいつ》の城下町《りょうち》から納められる税は町の維持運営費で消え、王政府からの俸禄《ほうろく》はメイド一人雇えないほどの額しか与えられない。はっきり言って日々の食事にも困る有様《ありさま》なのだ。エリザが空腹を覚えなかった日など、あれから一日だってない。

それでもエリザが棺の中身を売らなかったのは、ひとえに父の言葉が理由だ。

『独りで民のために戦わねばならぬ時は、塊鉄炉《フォージ》の印が押された棺を開きなさい』

そして〝その時〟とは今日のことだったのだ。

「まあ、それがまさか魂魄人形《ゴーレム》だとは思わなかったけど……」

エリザは棺の中から取り出した魔導書をパラパラとめくりながら呟《つぶや》く。

棺の中には等身大の少女型人形が納められていた。白木と球体関節で構成されたエリザよりも少し大柄な身体に、軟樹脂の皮が被《かぶ》せられた面。太陽を思わせるショートカットの赤髪が目を引く以外は、総じて汎人《ヒューマニー》を模した自動人形《オートマトン》と変わらない。

——だがその価値は自動人形《オートマトン》を遥《はる》かに凌駕《りょうが》する。

それは失われた魔導式によって鋳造された、錬金術士たちの秘技の結晶。発掘された魂魄人形《ゴーレム》がオークションにかけられると、町一つをやり取りするような値段が付くという。

……正直、棺の中身を知っていたら空腹に負けて売っていたかもしれない。図らずも父の言葉が、今日この時の危機を乗り越えるチャンスに繋《つな》がったのだ。

エリザは魔導書に従って、魂魄人形《ゴーレム》の起動式を組み上げていく。

胸殻《きょうかく》を開き、核となっている畜魔石《ちくませき》にエリザの個魔力《オド》を通す。その個魔力《オド》を起爆剤にして魔導式が起動。式が周囲から大魔《マナ》を吸い上げていく。畜魔石から溢《あふ》れ出た魔力は棺に伝達され、棺に予《あらかじ》め折り畳まれていた魔導陣を次々と周囲に展開。術者であるエリザをも根幹魔導式に組み込んで、ようやく魂魄人形《ゴーレム》の起動準備が完了した。

ただ、魂魄人形《ゴーレム》の起動はここからが問題だ。

——死者の魂を、呼び寄せるのである。

魂魄人形《ゴーレム》は自動人形《オートマトン》とは異なり、蓄えられた魔力で動くわけではない。核となる畜魔石に死者の魂を定着させることで、新しい生命として再誕させるのだ。『三重偉業《トリスメギストス》の模倣』とは、知り合いの錬金術士の弁である。

そして何よりの問題は、ここから先については魔導書も成功を保証していないことだ。

死者といえど意思がある。相手の同意があればこそ死者の魂を呼び寄せられるのだ——と、魔導書は語る。つまり応える者がいなければ、魂魄人形《ゴーレム》は目を覚まさない。そして次に儀式を行えるのは棺に大魔《マナ》が溜《た》まる数年後。失敗は許されない。

――でも、やるしかない。エリザは意を決して魔導書に記された式言《パスコード》を読み上げる。

「死にゆく者よ、いま一度、その魂を役立てて欲しい――」

エリザは自身の個魔力《オド》に意志という方向性を与え、魂魄人形《ゴーレム》へと言霊《ことだま》を投げかける。魔導書が、エリザのブリタリカ公用語を原初の統一言語へと変換《コンパイル》し、増幅。冥界の渦へエリザの言葉を届ける。

「――死後、我を主人《あるじ》とし尽くすのならば、汝《なんじ》の欲《ほっ》するものを与えん」

たった二節の式言《パスコード》。契約の文言の短さに反して、その意味は非常に重い。

エリザは祈るような気持ちで、個魔力《オド》を通し続ける。

と、

「――ッ！　来た、」

エリザから流すばかりだった個魔力《オド》が、大きな魔力に押し戻される感触。死者の魂は、人そのものが魔力へと変換されたようなものだと聞く。ならコレが『魂』なのだろう。

蓄魔石の中で、エリザの個魔力《オド》と召喚された魂魄《こんぱく》が持つ魔力とが干渉し合って光を溢《あふ》れさせる。〔魔導干渉光〕と呼ばれるソレはみるみる強さを増し、やがて小さな太陽となって地下蔵を白く染め上げた。

──魂が、定着したのだ。

途端、役目を終えた魔導陣から順に棺へと折り畳まれ、干渉光も収束していく。数瞬後にはあっけなく光は消え去って、術式の完了を示すように魂魄人形《ゴーレム》の胸殻がパタリ、と閉じられた。

エリザは息を呑《の》む。

魔導書に記された通りなら、これで魂の定着は完了。今は魂が魂魄人形《ゴーレム》の素体を動かせるように同調させている段階のはずだ。しばらくすれば、この魂魄人形《ゴーレム》は動き出す。

まだか。

エリザは不安に駆られ、棺の中を覗《のぞ》き込み──

──瞬間、魂魄人形《ゴーレム》の紅玉色の瞳が開かれた。

バッチリ、目が合った。

「…………」

「お、おはようございまーす……？」

呆《ほう》けたようにエリザを見つめる魂魄人形《ゴーレム》へ、エリザは笑いかける。

と、唐突に魂魄人形《ゴーレム》が目を見開いて、

「──北軍《ホクグン》ッ!?」

「ホクグン？　――って、うぇぇぇッ？」

聞きなれない単語を叫んだかと思うと、魂魄人形《ゴーレム》はエリザへ飛びかかる。何が起こっているのか分からぬままエリザはうつ伏せに押し倒され、右腕を捻《ひね》りあげられた。「い、痛い！　痛いってば！」エリザの訴えを無視して、魂魄人形《ゴーレム》は装甲した騎士のような腕力でエリザを押さえつけた。

エリザの背後で魂魄人形《ゴーレム》がせわしなく周囲を窺《うかが》う気配が伝わってくる。自分がどこにいるのか分からず困惑しているのだろう。しばらくすると魂魄人形《ゴーレム》はエリザの耳元へ口を寄せ「おい、ニホン語が分かるのか？　帰化民か？」と問いかけてきた。

「ニホンゴ？　ごめんなさい、その単語は知らないわ。あなたの国の言葉？」

「お前何言って――」

と、急に魂魄人形《ゴーレム》は口を閉ざす。

エリザの言葉が理解できるだけでなく、自分の口から知らない言語が飛び出していることに気づいたのだろう。

魔導書によれば魂魄人形《ゴーレム》との意思疎通を円滑に行うため、現代で扱われている言語知識を死者の魂へ付与するらしい。冥界には国や人種や種族に関係なくあらゆる魂が集積されている。起動した魂魄人形《ゴーレム》がブリタリカ公用語を話す確率の方がよほど低いからだ。

それでもブリタリカ公用語に存在しない単語は、元の言語のまま発せられることになる。『ホクグン』や『ニホンゴ』といった概念が、おそらく現代には残っていないのだろう。

魂魄人形《ゴーレム》が問う。

「何なんだ……こんな言葉、オレは知らないぞ……」

「ねえ、わたしはあなたを傷つけたりしないわ。解放してくれないかしら」

「無理だ、このまま質問に答えろ。——そうだ、場所だ。ここは何処《どこ》だ？」

言いながら、魂魄人形《ゴーレム》はエリザの身体《からだ》を服の上から叩《たた》くように触り始めた。武器か何かを持っていないか調べているのか。もしかしたら生前は騎士か魔導士だったのかもしれない。声は少女のものだが、騎士や魔導士は性別よりも才能が重視されるからあり得る話だ。

「……ブリタリカ王国、バラスタイン辺境伯領、チェルノートよ」

「王国？　知らないな。お前の顔立ちからして東欧か？」

「——あなた、ブリタリカを知らないの？」

今度はエリザが驚く番だった。

ブリタリカ王国の歴史は千年を超える。人類種すべてと魔族すべてがぶつかり合った千年前の『人魔大戦』において活躍した〈十三騎士〉が作った王国なのだ。それを知らないということは、この少女が死んだのは千年以上前ということになる。

——だが、それはあり得ない。

魂というものは、死んで肉体という器を失ってしまうと急速に劣化していく。冥界の渦に送られて人格が保てるのはせいぜい百年前後。千年も前の魂が、ここまでハッキリとした意識を持っているはずがない。

そもそも『トーオー』などという地域を、貴族として歴史や地政学を学んできたエリザでさえ聞いたことがなかった。家庭教師すら知らないような、どこか遠くの国なのか。

それとも——

ふと、エリザの頭にひらめくものがあった。

「……あなた、〝ファンタジア〟の人間なの？」

「ふぁんたじあ？」

「このままでいいから、自分の腕を見てみてくれない？」

途端、エリザの背後から「うわぁ」という情けない声があがり、背中に覆いかぶさっていた重みが消える。驚いた魂魄人形《ゴーレム》が飛び上がり、距離をとるように後ずさったのだ。

ようやく解放されたエリザは痛む肩や腕をさすりながら立ち上がる。そして自身を見下ろして混乱する魂魄人形《ゴーレム》の少女を落ち着かせるため、優しく微笑んでみせた。

「落ち着いて。わたしはあなたの敵じゃないわ」

「おい！　オレに何をしたんだ⁉」

「死んだあなたの魂を、魔導式で魂魄人形《ゴーレム》に定着させたの」

「……なに言ってんだお前——オレが死んだ？　まど、うしき？」

困惑する魂魄人形《ゴーレム》の顔を見て、エリザは確信する。


どうやらわたしは冥界からではなく——

——『異世界《ファンタジア》』から魂を呼び寄せてしまったらしい。


「やっちゃった……」

エリザは一人、天を仰ぐ。

今日は、領民の生活がかかった大切な日だった。

万全を期して臨みたかった。唯一の気がかりを解消するため、魂魄人形《ゴーレム》を起動した。

どうしても手伝って欲しいことがあったから。

……………けれど流石《さすが》に、異世界《ファンタジア》の死者には難しい。

存在は確信されているが、誰も見たことのない此処《ここ》とは異なる世界——『異世界《ファンタジア》』。

魔導式すら存在しない不可思議な世界から呼び寄せられた人間に、いきなり頼み事をするのはあまりに酷だ。まずは事情を説明し、この世界のことを理解して貰《もら》うべきだろう。そうして少し落ち着いた相手に、「もしよければ」と交渉すべきだ。

でも、

「ごめんなさい！」

もう他に手はないのも事実なのだ。

エリザは困惑の表情を浮かべる魂魄人形《ゴーレム》の両肩を摑《つか》んで、頭を下げる。

「無理を承知で頼みたいことがあるの！」

「あぁ!? な、なんだよ……」

エリザの気迫にたじろぐ魂魄人形《ゴーレム》。泳ぐ紅玉《ひとみ》がエリザの視線を捉えた。困惑の中にも意志を感じる瞳に、一瞬だけ見惚《みほ》れてしまう。

ずっと見ていたいという気持ちを呑《の》み込んで――エリザは厳かに、その頼みを告げた。

「今日一日、わたしのメイドになってくれないかしら」

断られた。

◆◆◆◆

当然だ。いきなり異世界に召喚されて『メイドをしろ』などと、誰が従うというのか。

応接間のソファに腰掛けるエリザは、落胆を顔に出さないよう努力する。

「いやあ、ご壮健そうで何よりですエリザベート嬢」

そんなエリザに嫌味な声を投げかけたのは、王政府の査察官だった。

チェルノート城の応接間に通された男はわざとらしく大げさにエリザの機嫌を取っている『フリ』をしている。エッジリアというこの男の慇懃無礼《いんぎんぶれい》は今に始まったことではないが、毎度毎度よく飽きないものだ。そう、エリザは愛想笑《あいそわら》いの下で辟易《へきえき》としていた。

「エッジリアさんも、お元気そうでなによりです」

「そのような過分なお言葉、このエッジリア、感激のあまり涙を流してしまいそうです」

「それだけ喜んで頂けたのなら、わたしも嬉《うれ》しく思いますわ」

「はっはっは――でしょうな」

でしょうな、って。

思わずエリザの頬《ほお》も引きつってしまう。

確かに彼は王政府直属の人間であり、エリザは爵位の継承も済んでいないただの公女。

だが、それでも平民が貴族に取ってよい態度ではない。

つまり――それができるほどの力関係が、ここには存在する。

そもそもエリザは既に17歳。本来であれば爵位の継承などとっくに済んでいる。

にも拘《かか》わらず、未《いま》だにエリザが『公女』扱いなのは、ある制度が理由だ。

ブリタリカ法典、第五章、第十七条――

――爵位の継承権は1年の査定をもって見極めるべし。

元々は地方官吏の役職でしかなかった〝爵位〟を王が任命するための法。成立から数百年を経て形骸化していたソレを、とある大貴族が得意げに持ち出し、エリザへ差し向けたのがこの男である。もしその査定結果に問題があれば、エリザは残された最後の領地すらも召し上げられ、バラスタイン家は歴史から姿を消すことになる。

そして、その査定の期限こそ今日なのだ。

「して、いつもの老婆はどうされたのかな？」

エッジリアの言う老婆とは、祖父の代からバラスタイン家に仕えてくれていた女性のことだ。召し使いの一人も雇う余裕のないエリザのことを案じ、城下町に移り住んでまで城の管理を無償で手伝ってくれている。

いつもなら、この役人が来る時にはメイドの代わりを務めてくれていたのだけれど……。

「……今は暇を出しております」

「そうなのですか！　いやぁ彼女も高齢でしたからな。そろそろ来るべき時が来たのかと思いましたよ」

「――ッ、」

一瞬、頭が沸騰するかのような怒りを覚えた。

それを、エリザは何とか呑み込む。

自分が小馬鹿にされるのは受け流せるが、尽くしてくれている身内への侮辱は耐えられない。「ご心配には及びませんわ」と笑みを浮かべさせてくれた自制心に感謝する。

いくら耐え難《がた》くとも、今だけは我慢せねばならない。

エリザは互いの間に置かれた、一つの文箱《ふばこ》を見る。

それは王政府から貸与された、契約を見守る魔導具だ。

文箱は査察官《エッジリア》と被査察者《エリザ》の会話を記録。査察官が中身を確認して『不備、偽りなし』と判断すると、文箱は自らその鍵を閉じ、王政府へ『査定完了』の念信を送る仕組みだ。

そして今、文箱の中にはエリザの努力の結晶が収められている。領地を問題なく運営し、税を得て、王政府へと献上できるということの証《あかし》。ダメ押しに懇意にしている大公のお墨付きも得た。これが王政府に届けば、確実にエリザの爵位継承は認められる。

エリザの揚げ足取りを続けてきたこの男でも、ケチを付ける隙など欠片《かけら》もない。

――たった一点を除けば。

「だが、そうなりますと困りましたな……」

そんなエリザの考えを見透かしたかのように、エッジリアがニヤリと笑った。

「臨時のメイドも雇えないほど困窮しているとなりますと……エリザベート嬢の領地運営能力を疑わざるを得ません」

全身の血の気が引いていく感覚。

「ま、待ってくださいエッジリアさん」

「エリザベート嬢。そう焦《あせ》らずともよろしい。私は貴女《あなた》の努力をよく存じております」

思わず立ち上がったエリザを、エッジリアは手の平をこちらに向けて制する。

そして、内心の暗い喜びを隠そうともせず歯を剝《む》いて笑った。

「ですがッ! 努力は結果に結びつかなければ意味がないッ! 残念ながらエリザベート嬢には田舎町一つですら荷が重いようだ。そう陛下にはお伝えしましょう」

◆ ◆ ◆ ◆

なるほどね。

仲村マリナは戸の向こうの会話を聞いて、つまらなそうに鼻を鳴らした。

この二人の会話が聞こえてきたのは、待つよう言われた部屋を抜け出し城内を探っていた最中だった。生まれてこの方、民兵組織でゲリラ戦に従事してきた身の上だ。情報収集は基本中の基本。置いてけぼりを食らって大人しくしていようはずもない。

だが、そうして分かったのはエリザベートという少女の困窮具合だけだった。

この城は空っぽだ。

住んでいる屋敷こそ〝城〟と言って差し支えないほど巨大だが、その中にはあるべき物が全くと言って良いほど存在しない。装飾品、衣服、家財道具、嗜好品《しこう》——ありとあらゆる物が必要最小限。各国軍の野戦服と武器弾薬を揃《そろ》えていたマリナの方がよほど物を持っているだろう。しかも役人との会話から察するに天涯孤独の身の上のようだ。

そしてかの少女は今まさに、僅かに残された財産すらも奪われようとしている。

まあ、そんなことはよくある話。マリナからすれば、どうでもよいことだった。

——マリナは自身の両手へ視線を落とす。

そこには削り出した白木でできた手の平がある。球体関節で繋がれた指はマリナの意思に応じて違和感なく動いた。それだけでなく、今やマリナの肉体はすべて削り出された木材でできているのだ。顔だけは人工皮膚らしき樹脂で覆われ、マリナ自身の表情を浮かび上がらせている。——全く、何が何やら分からない。

だが、怖がって足を止めるわけにはいかない。それは最も愚かな選択だ。

分からないことは〝分からないこと〟として頭の片隅に置いておき、まずは行動すべき。

マリナはいつもの癖で、自身の額を人差し指でトントンと叩《たた》く。

優先すべきは状況の確認と、原隊への復帰。

ニッポンに帰るならば、現地で公的立場にある人物に接触すべきだろう。だが権力者はダメだ。金では動かず、脅迫は逆効果。権力そのものへの反逆だからだ。脅した相手がどんな貧乏貴族でも、他の貴族が許さない。

最適なのは小役人。賄賂も脅迫も効く。

――そして都合の良いことに、ここには二人の現地人がいる。

立場の違う二人だが、どちらに取り入るべきかは火を見るより明白。

決断したマリナは応接間の隣の部屋へと向かった。

そこに置かれたクローゼットに〝あるもの〟を見つけていたからだ。

◆◆◆◆

「それではここまでと致しましょう。かのヴラディーミア十三世の一人娘、いつかは芽を出してくれるはずと今日までお待ちしましたが、これまでのようだ」

「お待ちくださいエッジリア様！　領地の運営は滞りなく行えています。ここにガラン大公の親書も入って、」

「ハっ！」

追いすがるエリザを、エッジリアは鼻で笑った。

「メイド一人すら雇えぬ状態で、よくも〝滞りなく〟などと言えましたな」

「――――ッ」

もうダメなの……？

こんなことで、お父様が残してくれた最後の領地すら失ってしまうの？

エリザは溢れそうになる涙を堪《こら》え、エッジリアは嗜虐《しぎゃく》心に満ちた笑みを溢《こぼ》し、

――応接間の戸がノックされた。

二人の間に沈黙が流れる。エッジリアはもちろん、城の主《あるじ》であるエリザですら困惑していた。今この城には、エリザとエッジリアの二人しかいないのだから。

いや、そうだ。

一人だけ、いた。

まさか、
応接間の戸が開かれる。

「失礼します。――お茶の用意が調《ととの》いました」

給仕《きゅうじ》台車を押して現れたのは、赤髪の魂魄人形《ゴーレム》だった。

その身はエリザが魂魄人形《ゴーレム》に着せるつもりで用意したメイド服に包まれている。

押してきた給仕台車からカップを取り出す魂魄人形《ゴーレム》。「あ、あなた……」思わず問いただそうとするエリザにチラリと視線を向けて、魂魄人形《ゴーレム》はニコリと微笑《ほほえ》んだ。

「遅くなり申し訳ありません、お嬢様。スコーンを焼くのに手間取ってしまいまして」

「あ……そう。次からは気をつけなさい」

「かしこまりました」

慇懃《いんぎん》にエリザへとお辞儀をした魂魄人形《ゴーレム》は、続いてエッジリアの方へ向いて「お待たせしました」と微笑んだ。エッジリアの視線が魂魄人形《ゴーレム》の手と顔を往復する。

「その手は自動人形《オートマトン》……いや違う、」

そう呟《つぶや》くエッジリアの瞳がみるみる見開かれていった。

「表情がある――――まさか魂魄人形《ゴーレム》⁉」

驚くエッジリアに構わず、魂魄人形《ゴーレム》はテーブルへ紅茶を注《つ》いだティーカップを並べていく。スコーンとジャムが並び終わるのをエッジリアは呆然《ぼうぜん》と見守っていた。

「どうぞ、冷めないうちにお召し上がりください」

「あ……、ああ」

言われるがまま、エッジリアはカップを口へと運ぶ。

だが、その手はエリザから見ても哀れなほど震えていた。視線は泳ぎ、こめかみには血管が浮いているように見える。恐らくエリザに騙《だま》されたとでも思っているのだろう。

なにしろ散々、貧乏貴族と小馬鹿にしていた娘が魂魄人形《ゴーレム》を従えていたのだ。

魂魄人形《ゴーレム》の希少価値と歴史から考えれば、それ自体が貴族としての格を示す。客をもてなす手法としてもそれなりに上等だ。実際、エリザはそれを期待して魂魄人形《ゴーレム》を起動させたのだから。当然、エッジリアが指摘した金銭面での不安という側面も消し飛ぶ。

——文箱《ふばこ》が『カチリ』と音を立てて自らに鍵をかけた。

エッジリアが唯一、ケチを付けられる根拠はここに消失したのだ。

驚きのあまり思考がまとまらないのだろう。エッジリアは紅茶を飲み干すと「すまないが、これで失礼する」と宣言して立ち上がった。

だが、

「エッジリア様」

逃げるように応接間を後にしようとしたエッジリアを、魂魄人形《ゴーレム》が呼び止める。

「な、なにかね？」

「お忘れ物でございます」

言って魂魄人形《ゴーレム》は、エリザが用意した領地の運営資料の入った文箱をエッジリアへと手渡した。瞬間、文箱に施された魔導陣がエッジリアの受領を確認し王政府へ伝達する。

これでエリザが文箱を紛失したと言い訳することもできなくなった。

最後の悪あがきを潰されたエッジリアは小さく舌打ちをして、文箱を肩にかけたカバンの中へ乱暴に放り込む。

「町まで馬車を出しましょうか？」

「結構だ！」

エリザの提案をも断って、エッジリアは応接間の戸を乱暴に閉めて去ってしまった。

そうして応接間には、エリザと魂魄人形《ゴーレム》の二人だけが残される。

先に口を開いたのは魂魄人形《ゴーレム》の方だった。

「わりい、迷惑だったか？」

魂魄人形《ゴーレム》はバツが悪そうに、メイドキャップを取って頭を掻《か》く。

その姿がなんだかおかしくて、エリザは思わず吹き出してしまった。

「んだよ！　なんで笑うんだよ」

「いえ、ごめんなさい。なんでもないの」

「はあ？」

「……助かったわ、ありがとう」

言って、エリザが片手を差し出すと、少し驚いたような顔をしてから魂魄人形《ゴーレム》はその手を握った。

「いやまあ、ああいう男は嫌いでよ。小馬鹿にされたらやり返すのがいい」

魂魄人形《ゴーレム》は先ほどの上品な笑みとは打って変わって、イタズラ小僧のような笑みを浮かべる。こちらが本来の彼女の笑顔なのだろう。

「仲村《なかむら》マリナだ」

「え？」

「オレの名前だよ。言ってなかっただろ？」

そういえばそうだった。混乱する魂魄人形《ゴーレム》を落ち着かせるのに必死で、自己紹介などする余裕がなかったのだ。それを『ナカムラ・マリナ』と名乗った魂魄人形《ゴーレム》も分かっているのだろう。少し恥ずかしそうに「で、アンタは？」と訊《き》いてくる。

「エリザベート・ドラクリア・バラスタイン。――エリザと呼んで」

「エリザ、ね。よろしく」

「……でも驚いたわ。あなた、メイドの経験があったの？」

「ん？　いや、ないぞ」

「それにしては、様になっていたけれど……」

そう問うと、魂魄人形《ゴーレム》は、「まあ、ちょっとな」と恥ずかしそうに頬《ほお》をポリポリと掻《か》く。

「それよりも頼みがあるんだが、構わないか？」

「なにかしら？」

エリザとしてはどんな頼みにだって応えるつもりだった。人生最大級の窮地を救ってくれたのだから。

赤髪の魂魄人形《ゴーレム》――ナカムラ・マリナは「あ～……今さら言いにくいんだが」と、紅玉の瞳でエリザを見据えた。

「オレを、暫《しばら》くメイドとして雇って欲しい」

◆　◆　◆　◆

チェルノート城から北へ2粁《キロ》ほど進むと、麓まで続く森林地帯がある。

魔獣も出ないほど平和な地域ではあったが、森に狼《おおかみ》くらいは出る。その奥地ともなれば、最早《もはや》そこは人の領域ではない。ただの人など都合の良い餌だ。

だというのに――その森の奥地には二つもの人影があった。

その片割れ、王政府の役人――エッジリアは跪《ひざまず》き、命乞いのような声を張り上げる。

「――い、以上のことから！　公女様はどこかしらの貴族との繋《つな》がりをもった可能性がございます！　少なくとも、そういった兆候と見て良いかとッ」

「ふむ」

鷹揚《おうよう》に頷《うなず》いたのは、鈍く光る甲冑《かっちゅう》に身を包んだ騎士だった。

その周囲には騎士が切り捨てた狼たちの死骸が散らばっている。エッジリアは顔を伏せたまま、続く相手の言葉を待った。目の前に立つのは伯爵家の次男坊。粗相が欠片《かけら》でもあってはいけない。

騎士は腰に下げた兜《かぶと》をコツコツと叩《たた》きながら問いかける。

「貴様が見たのは確かに魂魄人形《ゴーレム》だったのだな？」

「はっ！　くわえて、先の財産召し上げにおける目録を再度確認致しましたが、魂魄人形《ゴーレム》などは見受けられませんでした」

「なるほど。つまり貴様は、かの娘が他の貴族――もしくは他国との関係を持ち、その代償として魂魄人形《ゴーレム》を手に入れたと言いたいのだな？」

「仰《おっしゃ》る通りです。たとえ事実が異なろうとも、そう判断して問題ない証拠にはなるかと」

「ふっ――いやはや、まったくその通りだ。これは、褒美《ほうび》を取らせねばならんな」

「はッ！　ありがたき幸せにございます！」

騎士の言葉に、エッジリアは安堵《あんど》する。

エッジリアはこの騎士の父親である伯爵から、中央官庁への転属を条件にエリザベートの監視役として雇われていたのだ。『領地を奪う口実を作れ』その指示に従って、煽《あお》り、嘲り、公女の感情を揺さぶり、何か粗がないか探し続けてきた。しかし公女はどんな理不尽にも耐え、領地運営も完璧。魂魄人形《ゴーレム》を見た時にはもはやこれまでかと焦ったが、『他国からの供与』という口実は、我ながら中々の機転を利《き》かせられたと思う。

騎士の優しげな声。

「さあ褒美だ、受け取ってくれ」

――と共にエッジリアの腕輪の宝玉が割れた。

咄嗟《とっさ》に、転げるようにその場から離れる。

腕輪は故郷の母がお守りにと持たせてくれたものだった。

装着者の身に生命の危機が迫っていることを報《しら》せるという、近未来予知の魔導具である。

そして『ズドン』と、生命の危機がエッジリアのすぐ傍《そば》に落ちてきた。

地面を揺らして現れたのは、二頭引きの馬車よりも大きな体軀《たいく》の獅子《しし》。

だが、ただの獅子ではない。全身が銀色の鱗《うろこ》で覆われ、大蛇が如《ごと》き尾を備えている。

――〝魔獣〟だ。

騙《だま》された。これだから貴族は！

そう気づいたエッジリアは即座に大魔《マナ》を束ねて一つの魔導式を組み上げる。

組み上げたのは〈爆裂式〉。それを間髪入れず魔獣へと叩き込む。眼前の魔獣は巨獅子《マンティコア》に連なるものだろう。石造りの家を一撃で破壊できる〈爆裂式〉ならば威力は充分。

だが、それも騎士相手には意味を成さない。

彼らが纏《まと》う〈騎士甲冑《サーク》〉が生成する対魔導式の守護領域――〈魔導干渉域《フース・ル・アイギス》〉によって、あらゆる魔導式は無効化されるからだ。

故にエッジリアに許されるのは、魔導式で魔獣を屠《ほふ》り、爆煙に紛れて逃げることだけ。

――――そこまで考えたのなら、魔獣の姿をよく観察しておくべきだった。

エッジリアは爆煙が晴れる前に〈重力制御式〉を自身の肉体へ展開。自身を1／5の重力下に置いて、地を蹴――

――る足がなくなっていた。

膝から先のない脚が空を切り、エッジリアは腐葉土の上に投げ出される。

「な、」

一体何が、
未だ晴れぬ爆煙。その向こうから魔獣の爪が伸びている。爪の先端にはエッジリアの右脚だったものがぶら下がっていた。

――な、なんで⁉　式は確かに成立したはず！

痛みに混乱するエッジリアは、爆煙を割って現れた魔獣を見て全てを悟った。

魔獣の周囲ではバチバチと〔雷火式〕にも似た火花が散っている。魔導式が強引に引き裂かれているのだ。それはエッジリアが組んだ魔導式が崩され、単なる魔力へと還元されたという証《あかし》。

その現象を引き起こすものを、エッジリアは知っている。

エッジリアを睨《にら》み、唸《うな》り声をあげる魔獣。銀色の鱗に見えたものの正体が、木々の間から射《さ》す陽光に照らされ明らかになった。

鉄色に光る鎖帷子《くさりかたびら》と板金鎧《よろい》。

個魔力《オド》を消費して魔導干渉域《フース》を形成する魔導士の天敵。

そんなものを身に着ける魔獣など聞いたことがない。魔獣は魔導干渉域《フース》を生成できるほどの個魔力《オド》を持たないはずなのだ。もし、それが可能だとすれば、

「こ、コイツ帝国の――」

エッジリアの意識は、そこで絶たれた。

◆◆◆◆

「ふん、思ったよりやる男だったな」

森の中、佇《たたず》んでいた騎士は自身の鎧についた煤《すす》を払う。

魔導干渉域《フース》が防ぐのは魔導式そのものだけ。魔導式で副次的に生成された煤までは消失しないことを分かっていて、目くらましに使ったのだろう。役人などではなく騎士団にでも入れば良かったろうに。であれば、口封じに殺されることもなかったのだ。

と、そこへ、

「いかがでございましょう?」

森の奥から、ひとりの男が滲《にじ》み出てきた。

高原の羊飼いのような格好をした男は、騎士に笑いかける。

「魔獣──〔ティーゲル〕の力は」

「悪くない。敵国の兵器を褒めるのは癪《しゃく》だがな」

「今は、王国の兵器にございます」

「違う」

騎士は男の言葉を訂正する。

「あれは今でも帝国の兵器だ。──間違えるな魔獣使い《ビーストテイマー》」

「……失礼しました」

魔獣使い《ビーストテイマー》と呼ばれた男が頭を下げたのを見て、騎士は「よい」と手を振る。

「あれならば、確実にバラスタインの娘を葬《ほうむ》ってくれよう」

「では、いつに致しましょう」

「今晩だ」

「御意に」

魔獣使い《ビーストテイマー》がそう答えると、それを待っていたかのように魔獣が二人へ歩み寄る。その口元は、意地汚く果物を食べた子供のように赤く汚れていた。

「もうよい、下がれ」

「はっ」

森の奥へ消えていく魔獣使い《ビーストテイマー》と魔獣を振り向きもせず、騎士は〔遠見式〕の窓を開いた。

そうして映し出されたのは、チェルノートの町の更に奥に見える古城。

その古城に住むであろう公女を思い出しながら、騎士はひとり呟《つぶや》く。

「これでようやく、戦争を再開できる」

◆◆◆◆

つまるところ、仲村マリナにはニッポンに帰る気など、さらさらなかったのだ。

敵を殺し、味方を見捨て、大義大義、祖国祖国と叫んで銃把を握ることに飽いていた。

ニッポンに帰るために小役人に取り入る理由など、欠片も存在しなかったのである。

エリザベートとか言う貧乏貴族に取り入った理由はそんなところだった。

なにしろ自分がどこにいるかも分からないのだ。『メイドにしてくれ』と頼んだのも情報を集めるため。使用人の立場なら、日常生活の作法から現地の政治情勢まで知ることができる。まあ〝メイド〟という存在に憧れがなかったとは言わないが。

ともあれ『商会の人を城門で待っていて欲しい』と頼まれたのは渡りに船だった。

城壁の向こう側を見られるだけではない。流通する品物から、その土地の文化や技術、経済状況まで分析することができる。民兵時代、暗殺や潜入任務のために東側各地へと派遣されていたマリナにとっては造作もないこと。

とはいえ。

その品物がマリナの知るものとは限らないのだが。

――遠く、馬の嘶《いなな》きが響く。

ひさしぶりに耳にした馬の声に、マリナは空を見上げた。

「まさか……本当に異世界に来ちまってたとはな」

空を舞う〈天馬《ペガサス》〉の群れを眺め、独りごちる。

今、マリナの眼前には〝異世界《ファンタジア》〟が広がっていた。

突き抜けるような蒼空《そうくう》を横切る白馬は〈渡り馬〉というらしい。V字編隊を組む馬の群れは僅かに雪化粧が残る山の峰々へと消えていく。山脈から戦闘ヘリの吹き下ろし《ダウンウォッシュ》のような突風が駆け下り、眼下の草原が海原のように揺れた。飛沫《ひまつ》のごとく飛んだ葉の一部がマリナの頬を撫《な》でる。その時、微《かす》かに響く笑い声は〈妖精種《フェアリア》〉が戯《たわむ》れる声なのだとか。

それが、エリザベートという少女が住む世界《ファンタジア》だった。

無論、これが死の間際《まぎわ》の幻覚という可能性もある。尋問室で自白剤を打たれ過ぎてトリップしているのかもしれない。マリナの常識からすれば、そちらの方が現実的だ。

とはいえ——マリナ自身、周囲がミシマ主義だの大文化防衛論だの叫んでる中でコミックを読んでいたような女だった。マリナが愛してやまない武装戦闘メイドたちの中には、魔法を扱う者もいたし、異世界から召喚された少年を主人と仰ぐ者もいた。だから『異世界の死者の魂を召喚して人形に移し替えた』と言われれば、イメージくらいは湧く。

——それに、あのザマで生き残れるわけがねえしな……。

思い起こされるのは、二子玉川《ふたこたまがわ》のショッピングビルでの記憶だ。戦闘ヘリ《ハボック》から放たれる機関砲の掃射。落下する自身の身体《からだ》。溢れ出す鮮血。かつてのニッポンの繁栄を象徴するコミックブック。その表紙に描かれた二丁拳銃の婦長様——。

そして死の間際に聞いた〝声〟。

——死にゆく者よ、いま一度、その魂を役立てて欲しい
死後、我を主人《あるじ》とし尽くすのならば、汝《なんじ》の欲《ほっ》するものを与えん——

あれはつまり、エリザベートという少女の声だったわけだ。

〔魂魄人形《ゴーレム》〕と呼ばれる全身義体に死者の魂を定着させる魔法——〝魔導式〟と呼ぶらし

いが、それによって自分は召喚されたらしい。

その大魔導式の名を〔主従誓約《テスタメント》〕。

死者の願いを核として、主従が誓う世界との契約――と、少女は語った。

それを知った時、恐る恐る「つまりアンタがオレの夢を叶《かな》えてくれるのか？」と訊《き》いてみた。正直、『武装戦闘メイドになりたい』なんて聞かれてた日には憤死ものだ。

だが、少女は首を横に振った。

「たしかに〔主従誓約《テスタメント》〕をすれば、一つ、あなたの願いを世界が叶えてくれるわ。でもそれは、誓約を交わした二人のどちらかが死ぬまで解除できないものなの。だから無理にわたしとする必要はない。しなかったからって何も不都合ないしね」

でも、と少女は続ける。

「せっかく生き返ったんですもの。何か叶えたい夢があるなら、そういう手段もあるって覚えておいて」

そう答えてくれる少女に召喚されたのは、僥倖《ぎょうこう》と言えば僥倖なのだろう。

とはいえ、

「……さっさとここから逃げねえとな」

マリナは人形のソレになってしまった自身の手を空に翳《かざ》す。

聞けばこの〈魂魄人形《ゴーレム》〉という全身義体はかなりの高額で取引されるものらしい。

こんな貧乏貴族の家に長居してたら、借金のかたに差し押さえられてもおかしくない。

むしろオレがいなくなった方が、他の貴族とやらに目をつけられずに済むだろう。それがお互いのためだ。あの少女がどれだけオレに好意的でも、力がなければ何も守れない。

――生前の自身が何も守れなかったように。

舌打ちと共に過去を振り払い、マリナは再び異世界へと意識を戻す。

「問題はどこへ、どうやって――か」

アテをつけるとしたらあそこか。

山脈の中腹に建つこの城からは、麓へ向かって曲がりくねった一本道が延びている。

その先には、段々畑のように石造りの建物が密集して生える一帯があった。

あれがエリザベートの治める唯一の町、『チェルノート』なのだろう。

――と、町へと飛ばしていた視界に、城への道を遡ってくる馬車が現れた。

二足歩行の恐竜に牽《ひ》かれるものを〝馬車〟と呼べるかは別として、あれが客なのだろう。

商会の主人か。顔を売っておいて損はないな。

マリナは下心を微笑みの下に隠し、商会の馬車を出迎えるべく異世界《ファンタジア》へと踏み出した。

「お待ちしておりました。シュヴァルツァー様でございますね？」

◆　◆　◆　◆

町の商会は、野菜を引き取りにきたらしい。

エリザベートという公女は自身が住む城の中庭を畑に変えており、数種類の野菜を栽培していたのだ。聞けば「売って生活費の足しにしてるの」とのこと。麦わら帽子をかぶり「マリナさん、こっちこっち！」と革手袋を振るエリザはもはや農家の娘そのものだ。公女というより『貴族の別荘の管理を任された使用人』と言われた方がしっくりくる。馬車から出てきた商会の元締めと話す姿すら、市場の従業員に見えてしまう。

そんな農家の娘だか公女だか分からない少女は「野菜の積み込みを手伝ってあげて」と言い残して、商会の元締めと城の中へ消えてしまった。

——商会の主人に名前を覚えさせるのはまた今度、か。

そうマリナが残念に思いつつ、野菜が詰まった木箱を運んでいた時だった。

「お、珍しいな。バラスタインの公女様がメイドを連れてるなんて」

傍《そば》で作業していた荷役の男が、話しかけてきた。

マリナは潜入作戦用に仕込まれた営業スマイルを男へ向ける。

「最近、城に入ったのかい？」

「ええ。少しの間だけですが、お世話になっております」

「あー、なるほど。そりゃそうだよな、そんな余裕ねえか」

どうやらエリザが貧乏貴族だということは、町の人間にまで知れ渡っているらしい。まあ、城で育てた野菜を売ってるくらいだから当然だろう。

だが、男の言葉に嘲るような色がなかったことがマリナには不思議だった。

たとえ貧乏だろうと権力者は権力者。自分たちを支配する人間の不幸や落ち度は普通、市井《しせい》では嘲笑のネタとなるもの。

少し探りを入れてみるか。

そう考え、マリナはキョトンとした顔を作り「余裕がない？　貴族様なのに？」と問いかける。男も話し相手が欲しかったのだろう。「お、さては随分と遠くから来たな？」と話に乗ってきた。

「あの公女様はな、国税以外の税金を取ってねえんだよ。あらゆる所領税をな」

この国の税制など知る由もないが、とりあえず「そんなことが？」と驚いたフリをしてみせる。どうやらその反応は正解だったらしい。荷役の男は「あるのさ、それが」と大きく頷《うなず》いてみせた。

「お陰《かげ》でうちの商会は繁盛《はんじょう》してるし、羊飼いやってる連中だって大喜びさ。特に小麦やトウモロコシの農家はただでさえ狭い畑で苦労してたからな。口ばっかりの〔教会〕よりよほどありがたいってんで、毎朝、城に向かって祈りを捧《ささ》げてるって話だ」

「でも、お嬢様は何故《なぜ》そんなことをされてるのでしょう？」

「そこまでは知らねえや。けどまあ……領民思いの良い領主だとは思うぜ？　麓の町に出荷しに行った時にも向こうの連中から羨ましがられたよ。特にあっちは武闘派のエッドフォード家の所領になっちまったからな、最近また税を増やされたらしい」

なっちまった——つまり、昔は違ったわけだ。

あの少女、思ったより手酷《てひど》く財産を毟《むし》られたようだ。

マリナが興味深そうに相槌《あいづち》を打つと、嬉《うれ》しくなったのか荷役の男は仕事そっちのけで語り続ける。

「まったく、大した公女様だよ。戦争で領地を失《な》くしたのは、まあ……自分とこの家の責任としてもだぜ？　自分以外の一族みんな死んじまってんのに、町に降りては領民の心配ばっかしてんだから。『鍬《くわ》振り公女』なんて小馬鹿にする奴《やつ》もいるけどよ、あの歳《とし》で野菜作って商売するなんてそこらのガキよりよっぽど——」

「おい、エンゲルス！」

と、何者かが荷役の男の話を遮った。

振り返れば商会の元締めがドスドスと歩み寄ってきていた。元締めの後ろにはエリザの姿もある。商談は済んだのだろう。「ナンパしてねえで、仕事しやがれ！」「すんませんっ」と、元締めに叱られた荷役はマリナから離れていってしまう。こちらとしてはもう少し話を聞いておきたかったのだが。

そう内心舌打ちするマリナのもとへ、少し慌てた様子のエリザが駆け寄ってくる。

「ごめんね、待たせたかしら」

「いえ、丁度運び終えたところですから」

申し訳なさそうにするエリザに、マリナは作り笑顔で応える。途端、エリザは不思議そうな表情を浮かべた。マリナの言葉遣いや態度が、城でのソレと変わっていたからだろう。エリザは背後にいる商会の元締めとマリナを見比べ、何かに納得したのかマリナの耳元へ顔を寄せて耳打ちする。

「メイドらしくしてくれてるのね、ありがとう」

「……てめえんとこの召し使いの口が悪いと、アンタの評判まで落ちるだろ」

「ふふ、そんな気を遣わなくても大丈夫よ。——それじゃあシュヴァルツァーさん、また来週よろしくお願いします」

「はい、今後ともご贔屓《ひいき》に」

深々とお辞儀をする商会の元締めを残し、エリザはマリナの手を取った。

「さぁ、メイドさん、もう少しだけ手伝って貰《もら》うわよ」

◆◆◆◆

今一度考える。恐竜が牽く車を〝馬車〟と呼んで良いのだろうか。

ともあれ、マリナがその〝暫定馬車〟の御者台に乗せられ連れて来られたのは、町外れにある小さな家だった。もう随分と手入れもしていないのか、石造りの家には苔《こけ》だけでなく屋根には雑草まで生えていた。一応、玄関まわりだけは草を刈ってあるのが生活の痕跡。

エリザは自らが操る馬車をその家の正面に停《と》め、ボロ小屋のドアを叩《たた》く。

「ミーシャ？　ミシェエラ？　いるー？」

途端、バタバタと小屋の奥から慌てて人が出てくる気配。分厚い木のドアが内側に開くと中からシワくちゃの老婆が現れた。『ミシェエラ』という名前らしい老婆はシワの奥にある両目を見開いて「お、おひい様ですか？」と驚く。

「よかった。思ったより元気そうね。風邪の具合はどうなの？」

「お陰さまで熱も下がりまして……。ああ、いやいやいや。そうではなく。一体どうなすったんです？　こんなところまでいらして」

「お見舞いよ。薬と──あとお夕飯も買ってきたから」

ここへ来る途中で町の露天商から買った食事と薬を掲げて、エリザは微笑む。

「──そ、そんな、あたくしなんかのために……」

「それはこっちの台詞《せりふ》よ。いつも世話になってるんだもの、たまには恩返しがしたいわ」

「おひい様……」

老婆は感動しているのか目尻に涙を浮かべ、「ありがとうございます」とエリザの手を包み込むようにギュッと握る。マリナはそんな二人の様子を眺め『なるほど、オレはこの婆《ばあ》さんの代わりだったわけね』とひとり納得する。

「それじゃミーシャ、中に入っても良いかしら」

「ええ、もちろんですとも──あら、そちらの方は？」

エリザを迎え入れた老婆は、そこでようやく馬車の横に立つマリナの姿に気づいたらしい。怪訝《けげん》そうにマリナを見つめ、エリザへ問いかける。

「今日、メイドとして働いて貰ってるナカムラ・マリナさん。彼女も一緒でいい？」

「それはそれは……どうぞどうぞ、マリナさん」

そう促されたマリナは、メイド然とした態度を崩さず「ありがとうございます」と家の中へ足を踏み入れた。靴を脱ぐ場所を探すがどうやらそういう習慣はないらしい。文化的には見た目どおり西洋圏に近そうだ。マリナは靴の泥を少し落として奥へと進む。

「ミーシャ、晩ご飯まだでしょう？　わたしが用意するから」

「ええっ⁉　なにを言ってるんですか、おひい様は料理なんかできないでしょうに」

「ちょ……！　ひどい言い方しないでよ。大丈夫ですぅ、お惣菜《そうざい》を温めるだけですから。――マリナさん、さっき買ったお料理持ってきてもらえる？」

言われて、マリナはオカモチのような金属製の箱を手渡した。中には途中寄った町の屋台で買った煮込み料理がいくつか。エリザはその中身を、キッチンと思《おぼ》しき場所に並べ、

「マリナさんはミーシャと一緒に待ってて。こっちは魔熱炉《コンロ》で料理温めるだけだから」

「……おう」

マリナとしては、どう見ても自分の世界にある電熱式調理器《クッキングヒーター》にしか見えない何かが気になって仕方がなかったが、主人がそうしろと言うなら従うしかない。

マリナが戻ると、先にテーブルに座っていたミシェエラという名の老婆が椅子を指差し、

「そこに座りなさいな。おひい様は『メイドは座るな』とか言う人じゃないよ」

「はい、では失礼して」

マリナが腰を下ろした途端、老婆は「ねえ、訊きたいんだけどさ」と話しかけてきた。

「あんた、これからおひい様のところで働くのかい?」

「はい。――実は職を失ったばかりでして。お嬢様がそれなら、と」

「ふひひ、おひい様らしいや」

マリナのテキトーな嘘《うそ》に、老婆は楽しそうに肩を震わせる。どうやらこの老人は話し好きのようだった。初対面のマリナにも気安く話しかけてくる。キッチンの方を窺《うかが》うと、エリザの方はまだ暫《しばら》く時間がかかりそうだった。

ならば、あのエリザベートという少女について少し探りを入れておこう。

「ミシェエラさんは、ずっとお嬢様の城で働かれてたんですか?」

「そうだよ。今の城じゃなくて、ワルキュリアの頃からさ。先々代が生きてた頃……先代がまだ若君だった頃にバラスタイン家へ入ったのさ」

ワルキュリアが何処《どこ》なのかマリナにはさっぱりだったが「ここまで一緒に来るのは大変だったんじゃないですか?」と調子を合わせる。少なくとも付近にチェルノート以外の町も城も見えなかった。間違いではないはず。

そんなマリナの内心をつゆ知らず、老婆は「ああ……でもさ。あたしくらい、おひい様の味方をしなくちゃね」と深く頷《うなず》く。

「だというのにあたしゃ、おひい様の爵位継承が決まるって日に限って寝込んじまって。情けないったらないよ」

なるほど。どうやらエリザが魂魄人形《ゴーレム》を起動させることを決めた一因は老婆にあるらしい。マリナは心の中で感謝しておく。

だが、このまま自己嫌悪《けんお》に陥って話が止まっても困る。

マリナは「そういえば」と、慌てて話を戻す。

「町から税金を取っていないと聞きましたけど、領地の運営能力っていうなら税金をたくさん集めた方が優秀とされるんじゃないですか？」

「そりゃそうさ。けんど、おひい様はそんなことしないよ。上手《うま》く国税分だけが増えるように指導してるのさ」

「どうしてです？」

「そりゃ、おひい様の信条ってやつさね。

——『貴族は民草の幸せのために戦えるからこそ貴いのだ』ってね」

「なんですか、それ」

「先代の口癖さ。貴族は民草を守り導く代わりに税を取る。民草への義務を果たさずに貴族としての権利を行使はできない。……いや、おひい様からしたら『したくない』ってところかね。いやもう、ほんと、立派な娘に育ってくれたもんさね」

うんうん、と頷く老婆に作り笑顔を向け――その実、マリナの心は急速に冷めていった。

綺麗事《きれいごと》を仰《おっしゃ》る公女サマだ。思わず鼻で笑いそうになる。

それはつまり『俺たちが守ってやってんだから、お前たちは感謝しろ』というやつだ。同じことは権力者だけでなくマフィアもヤクザも、そして民兵も口にする。

マリナ自身、同じ理屈を並べて『ニッポン統一のためだ』と食糧を徴発したことが何度もあった。一応は現地住民も協力してくれたが、こちらは武器を持っているのだ。断りたくても断れなかっただろう。所詮は強者の詭弁《きべん》でしかない。

それでもまだ、実際に問題が起きたり現地住民が攻撃に遭った時には率先して守ってくれるなら『筋《スジ》』は通っている。たとえその契約が押しつけであったとしても嘘は吐《つ》いていない。住民側も納得する余地がある。

――だが、実際には誰もそんなことはしないのだ。

誰だって自分の命が惜しい。

金や食料を貰《もら》ったからといって、その人間のために命を投げ出したくなどない。

マリナが所属していた『ニッポン統一戦線』でもそうだった。こちらが敵の足止めに踏ん張り、住民の避難誘導をしていた時には既に、民兵本隊は雲を霞《かすみ》と逃げ去っていたのだ。

普段どれだけ使命だの矜持《きょうじ》だの信条だのと口にしていても、追い詰められたら途端に「そんなこと知るか」「大義のための小さな犠牲」と言い出す。もしくは「ごめんなさい」と謝りながら全力で逃げ出し、後から「仕方なかったんだ」と自分を正当化。それを聞いた時はマリナも思わず腰の拳銃《スチェッキン》を抜きかけた。

もちろん、エリザベートはそいつらとは違う。ある意味でもっと悪質だ。

税金を取らないことを免罪符にして『わたしにはあなたたちを守る力はありません』と言っているのだ。そのくせ領主の地位には居座っている。本当に矜持だの信条だのに従っているのなら、少なくとも自身が死ぬまでは戦ってみせろというのだ。だが、無理だろう。敵からも領民からも責められるのを怖がって、父親の言いつけに従っているだけのお嬢様がそんな大それたことをできるはずがない。

――そう、だから。

きっとエリザベートという少女も、追い詰められれば本性を現すに決まっている。

と、

「さあ、できたわよ……って、ずいぶん仲良さそうね、二人とも」

思考の海に潜っていたマリナをエリザの声が引き上げた。

その手の盆には、湯気を立てる椀《わん》が並んでいる。

「そりゃあもう。おひい様がすごい人だって話をしておったんで」

「ええ？　わたしはすごくないわよ、結局まだ何もできてないもの」

「そんなことありゃあせん。あたしゃいつもいつも……」

「はいはい。先にご飯にしましょう」

笑顔で会話するエリザと老婆を眺めながら、マリナは夢想する。

――けれどもし。

エリザベートが本当に自身の言葉に殉じて命をかけられる少女だとしたら。

その時オレはどうするのだろう、と。

◆　◆　◆　◆

「そういえばナカムラ・マリナってどっちが家名なの？」

ミシェエラの家から城へ戻る途中、エリザはそう切り出した。

幻獣――恐竜はそう呼ばれていた――に牽かれる馬車の御者台で揺られながら、マリナは魂魄人形《ゴーレム》の頭が翻訳した言葉を反芻《はんすう》する。

「家名？　……ああ名字な。仲村の方だ。マリナが名前」

「へえ――マリナさん、か。きっとご両親はあなたに期待してたのね」

「――あ？」

　意味が分からずマリナが聞きかえすと、エリザは何かに気づいたように「あ、」と口を押さえて、

「ごめんなさい。あなたは異世界《ファンタジア》から来たんだものね」

「？」

「いえね。この辺りの言葉で『マリナ』っていうのは将来の成功を願う名前なの。元々は貴族を指す言葉だったらしいから、誇り高い人に育ってほしいという意味もあるかもしれないけど。だから、きっとご両親から期待されていたんだろうなあ――って。でも、異世界《ファンタジア》ではきっと別の意味なのね」

「……まあ、そうだな」

　マリナは曖昧に笑うに留《とど》めた。

　なにしろ孤児だったマリナに名前をつけたのは、親ではなく民兵の小隊長。本当の名前をマリナは知らない。ましてやマリナの名はとある風俗嬢から取ったという。何か期待されていたとしても、きっと気持ちの良いものではなかったろう。

早々に死んでくれて良かっ――――

「とりあえず帰ったら今日はもう寝ましょう。客間を使えるように――うわぁっ」

突然、マリナに手綱を奪われたエリザが情けない声をあげる。その問い質《ただ》すような視線を無視して馬車を急停車させると、マリナは御者台から飛び降りた。

「マリナさん、急にどうしたの？　こんな急に馬車止めたら危ないでしょ⁉」

「アンタここで待ってろ。いや、そのまま馬車で町まで飛ばせ」

「ちょ――本当にどうしたの？　マリナさん⁉　ねえってばぁ！」

呼び止める声を背後に残し、マリナは城へと駆けだした。

◆　◆　◆　◆

チェルノート城へ暫く滞在すると決めた時、マリナは各所に〝マーキング〟をしていた。

侵入者が立ち入りそうな場所に、ちょっとした痕跡を残しておくのだ。

髪の毛、指紋、不自然に拭き取られた埃《ほこり》――そして足跡。

それらは侵入者が自身の痕跡を消す際、一緒に消えてしまうほど些細《ささい》な汚れ。

――ふん、綺麗にしちゃってまあ。

一人、裏手から城へ侵入したマリナは、思わず口角を上げた。

昼間、あれだけ仕込んだマーキングが一つも残っていない。随分と丁寧な仕事だ。

十中八九、暗殺者だ。

狙いはあのエリザベートとかいう少女だろう。痕跡を残さずに忍び込める腕からして、練度はCIAのパラミリか、それ以上。排除は不可能だろうし、どこまでも追ってくる。ならば、エリザを逃がすためにも軽く実力を見ておくべきか。

――ま、せめてオレが転職するまでは生きていて貰わねえと困るしな。

マリナはメイド服の衣擦《きぬず》れ音を巧みに抑えつつ、消されたマーキングを辿《たど》る。侵入者はどうやら地下蔵へ向かったようだ。マリナも背後を気にしつつ地下蔵へと降りる。

しかし、

――誰もいないな。

核ミサイルのサイロ並みに巨大な地下蔵。そこを巨大なシャンデリアがくまなく照らしている。僅かな影を除けば隠れる場所などない。念のため軽く床をタップ。反響定位《エコーロケーション》を試すが、やはりそれらしい感触はない。

と、――どこかで見失ったか？

足音。背後の階段。

即座にマリナは月明かりの影に身を隠し、現れる人物を探る。

そして、

「マリナさん？　どこにいるの〜？」

姿を見せたのはエリザだった。

肩の力が抜ける。「アンタなんでここに」と呆《あき》れてワインセラーの陰から歩み出た。

姿を見せたマリナを見て、エリザはパッと顔を明るくし――突然、その顔を青くした。

「後ろ！」

エリザの視線を追い、マリナは背後を振り返る。

そこに巨大な獅子《しし》がいた。

2tトラック以上の体躯《たいく》を誇る、板金鎧《よろい》を着込んだ獅子。ひと目で悟る。人の身では打倒しようのない圧倒的な脅威だと。それはこの魂魄人形《ゴーレム》の身体《からだ》でも同じだと。

これが暗殺者だって？　ふざけやがって。異世界《ファンタジア》のクソ野郎。

獅子が、右前脚を振りかぶる。

ああ、なるほど。死ぬのか、また。

ま、いいか。どうせ無駄に生き延びたって良いことなんて何一つ――

「マリナさんッ‼」

そう死を覚悟したマリナの視界が、横へとブレた。

何者かに突き飛ばされたのだと気づいたのは、その一瞬あと。

その何者かがエリザだと分かった時には――――獅子の爪が彼女の背中へと食い込んでいた。

振り下ろされた右前脚の角度が悪かったのか、エリザの身体は突き刺さった爪に引き裂かれず地下蔵の奥へと吹き飛ばされる。ろくに物のない地下蔵の石畳を何度も跳ね転がって、エリザの身体はワインセラーの入り口でようやく止まった。

あまりのことに、マリナの思考は凝固してしまう。

助けられた？

何故《なぜ》？

何故、オレを助けた？

あんたは間違うことに臆病なだけの公女様だろうが。

そう問いかける視線に促されたかのように、エリザの身体がヨロヨロと持ち上がる。

誰かを探すように彷徨《さまよ》っていた蒼《あお》い瞳が、マリナへと向けられた。

生きている。

思わずマリナは手を伸ばし、じっとしてろ、そう声をかけようとして、

「マリナさんっ！　走って‼」

その声で、マリナは弾《はじ》かれたように駆け出した。

途端、背後に再び獅子のような生物の足が振り下ろされる。間一髪、命を拾う。そのまま振り返りもせずに地下蔵の奥へと駆けた。その先は行き止まり。所詮は悪あがき。正規軍を失った国家の民兵動員のようなもの。現に獅子の生暖かい息を首筋に感じている。

されど——助かる目があるなら、それは悪あがきではない。

地下蔵の最奥《さいおう》。石畳に倒れ伏すエリザベートという少女。彼女の視線はマリナの頭上に向けられていた。

そこには巨大なシャンデリアがある。

そして、彼女が掲げる腕輪から光が発せられる。

マリナは知る由《よし》もなかったが、

それはこの世界の人間が〔魔導干渉光〕と呼ぶ魔導式発動の兆候である。

シャラン、という音に獅子が天を仰ぐと同時——天井から落下した巨大なシャンデリアが、あっけなく獅子を押し潰した。

マリナは背後を振り返り、自身の直感が正しかったことを確かめる。

この世界の魔導式とやらの理屈はサッパリだが——それらは結局〝技術〟なのだ。

原理を理解できないなら『何をやろうとしているのか』だけを予測すればいい。

例えばそう、エリザの視線からシャンデリアを落とす気だと知れたように。

「おい。大丈夫か、アンタ」

マリナが駆け寄ると、エリザは歯を食いしばりながら身体を起こす。

「応急手当てをする。横になってろ」

「……だめ、早、く逃げない、と」

「何を言って、」

ガシャン、と金属音が背後から聞こえた。

振り返れば、シャンデリアの下にいる獅子がその拘束から抜け出そうともがいていた。

元々こういったことを想定したものなのだろう。シャンデリアの金具の一部が石畳の床へ杭《くい》のように突き刺さり、鎧を着込んだ獅子を拘束している。

だが、当の獅子は無傷だった。

「なんなんだ……。なんで、アレが直撃して平気なんだアイツ」

「あれは、魔獣よ。……帝国、の」

息も絶え絶えに、エリザはそう説明した。

エリザが立ち上がろうとするので、マリナは慌ててその肩を支える。

「あの魔獣が着ているのは、〔騎士甲冑《サーク》〕なの。あの程度じゃビクともしない、わ」

「なんだその『サーク』って」

「騎士《きし》が、着る鎧よ。魔導式を無効化して、身につけた者の身体能力を向上させ、騎士以外には何者も貫けない……騎士の、」

「わかった。ありがとよ。もう喋《しゃべ》らなくていい。先に逃げるぞ」

フラフラと揺らめくエリザの肩を支え、マリナは魔獣の横をすり抜けて、唯一の出口である階段をのぼる。そうして地下蔵から二階へ至っても、獅子の——魔獣の恨めしそうな唸《うな》り声は衰えることなく、二人へ覆《おお》い被《かぶ》さってきていた。

あの拘束もそう長くは保《も》たない。どこかへ隠れなければ。

◆◆◆◆

そうして辿り着いたのはエリザの私室だった。

他に隠れる場所も思いつかず、もし武器があるとしたらこの部屋しかないと考えたのだ。

なにしろ他の部屋には物自体を一切置いていない。

マリナはエリザをベッドへとうつ伏せに寝かせ、服を破りその背中の傷を看《み》る。農作業で鍛えられたのであろう健康的な背中。そこに魔獣の爪痕と思《おぼ》しき生々しい穴が二つ空いていた。しかし思ったより出血は少ない。驚くマリナにエリザは「大丈夫、魔力で血を止めてるから」と言った。

「これでも貴族だから、個魔力《オド》を使って血の流れを制御するくらいは。できる、の」

「そうか。だが、血止めくらいはしといた方が良いだろ」

「慣れてる……のね」

「言ってなかったか？　オレは兵隊だったんだよ。——まあ、勝手に兵隊名乗ってたっていう方が正しいけどな」

「兵隊？」

「戦争してたんだ、オレは。怪我《けが》の手当てくらいできねえとすぐ死んじまうだろ」

そう伝えると、エリザは「ふふ、そう」と納得する。出会いが出会いだった。何となく察していたのだろう。

そんなことより、マリナには訊《き》きたいことがあった。

破ったメイド服を包帯代わりにエリザの身体へ巻きながら問いかける。

「なあ。アンタ、どうしてあんなことしたんだ？」

「……え？　外に、魔獣の足跡、が……あって。危ないって、知らせなきゃ……って」

「アンタ、アレがいるって分かっててなんで――つか、なんでオレを庇《かば》ったんだよ」

「だから、言ってるじゃない」

うつ伏せのまま、呻《うめ》くように苦笑してエリザは答えた。

「これでもわたしは貴族なの。……貴族が民草を守るのは、当たり前でしょう？」

まだそんなことを。

お前のそれは、親から押しつけられただけのもんだろうが。

マリナは思わず否定しようと口を開き、

「それに、ね」

発しようとした罵声は、絞り出すようなエリザの声に遮られた。

「わたし、マリナさんには……夢を叶えて、欲しかったの」

「はぁ？」

布を巻く手が止まった。

マリナの口から溢れた戸惑いに、エリザは苦しげに答える。

「せっかく生き返ったんだ、もの。幸せに、ならなきゃ」

「アンタ……それ、本気で言ってるのか？」

コクリ、とエリザは頷《うなず》く。

むしろ何故そんな当たり前のことを訊くのかとでも言いたげだった。

マリナは愕然《がくぜん》とする。

そうだ。確かにコイツは言っていた。

『貴族とは、民草の幸せのために戦えるから貴いのだ』と。

マリナはそれを、親からの言いつけを守ることしかできない公女様の綺麗事《きれいごと》だと思っていた。つまり間違うことが怖いだけの臆病者。命の危険に晒《さら》された途端アッサリ手の平を返す。その程度の女だと。——だが、違ったのだ。

仲村マリナは何度も見てきた。

何かを恐れて行動する人間が、より大きな恐怖に屈する様を。

死の恐怖を前にして、思考を止めてしまった人々を。

間違えることを恐れる臆病者《ヘタレ》や、親の言いつけを守ってれば安心だと思い込んでる思考停止の子供《ガキ》が、死の恐怖に立ち向かえるわけがない。

死の恐怖を体験してもなお、自身を裏切れなかったのであれば。

コイツは本当に〝他人の幸せ〟ってもののために命すら賭けちまう人間なのだ。

ああ、オレが求めていた理想の主人《あるじ》とはきっと——

「──チッ」

思わず浮かんだ甘い考えを、マリナは自身の舌打ちで振り払う。

らしくねえ。理屈なんてもうどうでもいいじゃねえか。

オレは感じちまった。思っちまったんだ。

そうだ。

コイツのせいで死ぬことになっても……納得して、死ねる。

「ま、死に様としては及第点ってとこか」

「……え？」

唐突に笑みを浮かべたマリナを、エリザが不審そうに見つめる。

それに「なんでもねえよ」と笑いながら、マリナは「いくつか確認したいことがある」

と切り出した。

「この部屋に、武器かなんかはあるのか？」

「……ないわ。売ってしまったもの。だから、表の馬車に乗って──」

「馬車であのライオンもどきから逃げられるかよ。もちろん徒歩でもな。匂いでバレる」

「じゃあ──」

「そうだ。戦うしかねえ」

脂汗の浮く顔で、エリザはマリナを見つめる。

その表情にはハッキリと「正気なのか？」と書かれていた。

まったくその通りだとマリナも思う。ただでさえ巨大な猛獣と素手で戦うなんて馬鹿げた話だ。北海道で狙撃任務中にヒグマに襲われたことがあったが、あの時は50口径を何発も撃ちこんでようやく殺したのだ。ヒグマよりも大きく、半端《はんぱ》な攻撃を寄せ付けない鎧《よろい》を着込んだ獅子《しし》。それが間もなく襲ってくる。ここに拳銃があるのなら、まず自身の頭を撃ち抜くことを考えるべきだろう。

だが、まったく希望がないわけでもない。

「なあ、魂魄人形《ゴーレム》の〔主従誓約《テスタメント》〕ってやつ。――アレって願いは何でも叶《かな》うんだよな？」

「え？　なんでいまそんなこと……」

「いいから。――で、どうなんだ」

「……ええ。魔力が足りる範囲でならできるはずよ。世界の法則を変える絶対遵守の誓約《テスタメント》ですもの。でも誓約を結べるのは一度きりだし、どちらかが死ぬまで解除もできない。

逆に言えば、わたしが死んだら、あなたの願いはなかったことになる、だから――」

「ハッ――んなこと気にしてどうするよ。どうせここをどうにかできなきゃ二人共お陀仏《だぶつ》だ。手があるならやるしかねえだろ」

「マリナさん――それってつまり、」

「ああ、何とかできるかもしれねえ。

それにな――オレの願いは、あんたがいなくちゃ始まらねえのさ」

「……？」

マリナは自嘲するように小さく笑う。

馬鹿げた夢で、阿呆《あほ》らしい憧れだった。

少なくともニッポンにいた頃は叶うことのない望みだった。

だが、異世界《ファンタジア》ならば。

死者の魂を召喚して、魂魄人形《ゴーレム》に変えちまうような世界なら――

マリナは自身の夢を告げた。

「オレは武装戦闘メイドになりたかったんだ」

◆◆◆◆

――オレは武装戦闘メイドになりたかったんだ。

マリナという名の魂魄人形《ゴーレム》は、そう不敵に笑った。

エリザには『ブソウセントウメイド』なるものが、いかなる存在なのか見当もつかない。

けれど、この異世界《ファンタジア》の少女が言うのであれば、きっとそれは絶望を打開するに値する存在なのだろう。そう素直に信じられた。

だって、その不敵な笑みを見ただけで、
背中の焼けるような痛みを、一瞬だけ忘れてしまったのだから。

「わかった……主従誓約《テスタメント》を結び、ましょう」

「ああ頼む。それで？　オレはどうすればいい、エ、エリザ」

「エリザ――？」

エリザは思わず聞き返す。

今の今まで、この少女は決してわたしを名前で呼ぼうとしなかった。「アンタ」だの「お嬢様」だのと、どこか他人行儀。それが急に名前を口にしたものだから驚いたのだ。

だが、当の本人はそのことに気づいていないのか怪訝《けげん》そうに眉をひそめる。

「あ？　どうした、何か気になるのか」

「……いえ、なんでもないの」

今はそれどころではない。エリザはマリナに「服を脱いで、胸を見せて」と指示。自身もどうにかベッドから身体《からだ》を起こして、マリナへと向き合う。そして露《あら》わになった白木の胸に触れた。間を置かず、魂魄人形《ゴーレム》の胸殻が開き中の蓄魔石が露わとなる。

それはマリナという少女の魂を世界に縫い止める楔《くさび》。

エリザは自身の背中に手をやって、傷口を拭い、自身の血液を指先につける。

「少し、痺《しび》れるかもしれないけど、我慢してね」

「気にするな、やってくれ」

頷くマリナを確認し、エリザは蓄魔石に自身の血液を塗りつけた。

瞬間「ぐ、」とマリナが呻《うめ》く。それは、自身の肉体の一部を与えることで他者を自身の眷属《けんぞく》へと変える旧《いにしえ》の魔導式。魂魄人形《ゴーレム》の魔力と自身の個魔力《オド》とを同一の循環経路で結び、異魂同魄《いこんどうはく》と成す。――これで魔力経路《パス》が繋《つな》がった。

あとは、主従誓約《テスタメント》の式言《コード》と共に、こちらの個魔力《オド》を通すだけ。魔導書に記されていたソレは、何度も読み返して覚えている。

エリザは一度、深呼吸をしてから口を開いた。

『――我は誓う』

途端、蓄魔石から魔導干渉光が溢《あふ》れだす。

エリザの個魔力《オド》と、マリナの魂魄が持つ魔力が干渉し合っているのだ。

やがてソレらは混ざり合い、螺旋《らせん》を描く魔力として練り上げられ二人を包む。

『我は汝《なんじ》に願いを託す者。──汝の願いこそ我が宿願。
汝は我に真理を授ける者。──我が知恵によって汝は真理を得る』

動き出すのは、冥界と現世を繋ぐ大魔導式。
死者の魂を召喚する対価として召喚者が果たさねばならぬ誓約。これを反故《ほご》にする矛盾を世界は許さない。故に魔導式はマリナという死者の『願い』を成就《じょうじゅ》させるべく、エリザの個魔力《オド》を際限なく吸い上げる。機械的に動作する魔導式に重傷を負ったエリザへの配慮はない。肉体を雑巾のように絞り上げられるような感覚に耐え、エリザは式言《コード》を紡《つむ》ぐ。

『偉大に偉大で偉大なる盟約に従い、──我は汝と運命を共にする。
故に我らが辿《たど》り着くは、──満ち足りた絶望であると知れ────!!』

誓約は、成された。

仲村マリナを包み込む魔導干渉光。

それはエリザの個魔力《オド》を燃料にした炉心だ。

少女の『願い』を抽出し、熔鉱《ようこう》し、精錬し、鍛造し、彼女の『願い』を創造する灼炎《しゃくえん》。

目の前に『願い』を叶えた少女の姿が顕現する――

だが、

「……え、」

その姿に、エリザは困惑を漏らした。

エリザの目の前に座っているのは――何の変哲もない〝メイド〟であったのだ。

よくよく見れば変化がないわけではない。破れていたメイド服は修復され、頭に載っていたメイドキャップはカチューシャへと変わり、そして鼻には片眼鏡《モノクル》が載っている。靴が編み上げブーツに変わっているところが、不思議と言えば不思議だ。

けれども、どこまでも普通のメイドでしかなかった。

「……それが、ブソウセントウメイド？」

「あー………、」

　恥ずかしそうにマリナは頭をポリポリと掻《か》いた。

「うん、まあ、その……。これは、オレが好きなメイドの格好だな、うん。色々と混じっちゃいるが『武装戦闘メイド』の姿には間違いない」

「そ、――そうなのね、良かった。それで？　どうやって戦うの？」

「どうやって……？」

「うん」

「…………？」

「…………」

　沈黙が流れた。

「え、ちょ、――嘘《うそ》でしょ？　あんなに自信満々だったじゃない！　なにか凄《すご》い力を持った存在じゃないの、ブソウセントウメイドって⁉」

「ウソじゃねえよッ！『武装戦闘メイド』はとんでもなく強《ツエ》えんだよ、ホントだって」

「じゃあ、どうやって戦うのよ？　武器は？　持ってないの？」

「当たり前だ！　抜き身で武器なんか持ってるわけねえだろ！　メイドだぞ⁉」

「じゃあどこに持ってるのよ！」

「んなもん決まって、」

ゴトリ、と。

抗議しようと立ち上がったマリナの、スカートの中から何かが落ちた。

黒い棒状のソレは鉄と、木でも布でもない不思議な素材でできている。一見して鈍器のようにも見えた。けれど、それにしては柄と打突部の区別がつかない。

そして何より不思議なのは——1米《メートル》近い長さのソレが、スカートのどこに隠れていたのかということだ。

エリザは咄嗟《とっさ》に自身の個魔力《オド》の流れを探る。

個魔力《オド》はマリナの蓄魔石へと吸収されたのち彼女の全身と、メイド服へ分配されていた。

更にメイド服からは、召喚系の魔導式と思《おぼ》しき反応が返ってくる箇所が一点。

——マリナのスカートの中だ。

つまり順当に考えるなら、

この鉄の棒は、マリナがスカートの中から生み出した物ということになる——

「それ、は——？」

エリザは鉄の棒を見つめたまま黙りこくるマリナに問いかける。

「スパスだ……」

当のマリナも訳が分からないとでも言うように呆然《ほうぜん》と呟《つぶや》く。「フランキ・スパス12」

「一体何の道具なの？」

「これは――」

エリザが問うとマリナは鉄の棒《散弾銃》を拾い上げ、手慣れた様子で構える。

「――オレの世界の、異世界《ファンタジア》の武器だ」

◆◆◆◆

「どこに行きやがった、あの小娘」

夜の帳《とばり》が降りた森に、男の毒づく声が響く。

男は座禅を組み、何かを念じるかのように瞳を閉じていた。男が腰を下ろした地面には鶏の血で描かれた魔導陣があり、男の個魔力《オド》と周囲の大魔《マナ》を練り合わせて、淡く青い光を放っている。

見る者が見れば、男が〔感覚共有〕と〔思考制御〕の魔導陣を二重展開していると気づくだろう。それらの魔導陣が男の身体中に刺青《いれずみ》として刻まれた魔導式と繋がっているとなれば、男の正体はかなり絞られる。脇に置かれた羊飼いの杖《つえ》が決定的証拠。

男は魔獣使《ビーストテイマー》いだった。

魔導式によって使役する魔獣と感覚を共有、魔獣の思考をも制御して遠隔から操る者。

魔獣使い《ビーストテイマー》──ダリウス・ヒラガは〔感覚共有式〕よって送られて来る魔獣の視界に、人影を探す。

──エリザベート・ドラクリア・バラスタインを暗殺するためだ。

メイドをおびき寄せ公女もろとも殺してやろうとしたが、その公女自身にしてやられてしまった。あの古城に一年間通い詰めていた役人の話では『古城の防衛機構は魔力の消費を抑えるために切られている』というから安心して忍び込んだのに、肝心なところで役に立たない男だ。生きていれば殺してやりたいが、やつは既に魔獣の腹の中。

「これで俺まで殺されたらどうしてくれるんだ……」

自身が仕える騎士のやり口を思い出したダリウスは思わず身を震わせる。

公女を殺せと命じた騎士様は、エッドフォード伯爵家の次男坊にして〔炎槌《えんつい》騎士団〕の長《おさ》。一度睨《にら》まれれば、もうこの国に居場所はない。

と、そこで魔獣の嗅覚がある匂いを捉えた。

公女様の血の匂いだ。

二階の廊下を進んだ先。城の中央部分にある部屋から漂ってくる。

ダリウスがニヤリと笑うと、感覚共有されている魔獣の口もニタリと牙を覗《のぞ》かせた。

公女の背中の傷はそれなりに深かったのだろう。騎士としての訓練を受けた貴族ならいざ知らず、公女として大切に育てられたお嬢様が治癒式を扱えるはずもない。恐らくメイドともども身動きが取れず、あの部屋に隠れたのだ。

ダリウスは〔思考制御式〕を通して自身の個魔力《オド》を魔獣へと伝達する。それは新たな魔導式を発動させるためのもの。今やダリウスと一心同体である魔獣も簡単な魔導式なら扱える。ダリウスは〔音響制御式〕であらゆる音を消し、部屋へと忍び寄る。

やはり中に人の気配。

息を殺しているようだが、匂いまでは消せまい。公女が魔導式を扱えたのなら話は別だったろうが、そうでない以上ここまでだ。

ダリウスは、ひと息に魔獣を突入させた。

部屋の扉を体当たりで破り、飛び込んだ部屋には人影が一つ。

だがそれは、

――メイド、だと……？

そこにいたのは、先ほどまで公女と一緒にいた赤髪のメイドだった。

しかし最初に見た時とは少し外見が異なる。逃げる際に汚れたはずのメイド服は真新しいものに、頭に載せたメイドキャップはカチューシャに、その顔には丸い片眼鏡《モノクル》。

だが何より不可解なのは、メイドが床にひざを立てて座り込んでいること。

そして、メイドの前に置かれた巨大な棒状の鉄塊だった。

背の低い三脚に載せられたソレは一見すると戦棍《メイス》のようだ。だが、それなら何故《なぜ》柄の方をこちらへ向けているのか。しかもメイドはそれを両手で掴《つか》み、編み上げブーツを履いた両足をしっかりと床に踏ん張らせ、柄の先端に空いた穴を魔獣へと指向させている。

メイドが、ニタリと笑った。

——まさか、魔導武具ッ⁉

そう直感したダリウスの対応は特筆すべきものだった。一瞬で魔獣の甲冑《かっちゅう》が形成する魔導干渉域《フース》の出力を限界まで引き上げ、甲冑の隙間《スリット》を隠すため、魔獣に防御姿勢を取らせたのだから。

そして爆音と共に、鉄塊の先端から〝何か〟が連続して放たれる。

途端、魔獣の魔導干渉域《フース》に絶対の自信を持っていたダリウスは驚愕《きょうがく》した。

放たれた何か——矢の鏃《やじり》にも似たソレは、魔導干渉域《フース》を難なくすり抜けて魔獣の甲冑へと殺到したからだ。

ダリウスは知る由もないことだが、
それは直径12・7㎜、鋼鉄の弾芯を内包した徹甲弾《AP》。

放った鉄塊の名を『ブローニングM2重機関銃』。

魔導式の加護など必要とせずに、厚さ15㎜以上の鋼板をも貫徹する異世界《ファンタジア》の兵器である。

徹甲弾は魔獣の甲冑へ殺到。発射時の爆音、そして金属が叩《たた》かれるけたたましい音が城内に響き渡った。

——そう、金属が叩かれる音だった。

鎧を貫通し、魔獣の肉を食い破る音ではない。

数秒後。鉄塊が鏃を放つのを止《や》めた。

そしてダリウスは、魔獣が纏《まと》う甲冑に一つの傷もないことを確かめると、ニタリと牙を剝《む》く。

「虚仮威《こけおど》しかぁッ‼」

◆　◆　◆　◆

「ウソだろッ⁉」

もっと驚いたのはマリナの方だった。

重機関銃の掃射が直撃して無傷など考えられないことだからだ。装甲車のような20㎜以上ある圧延鋼板ならいざ知らず、せいぜい数ミリのスプリング鋼にしか見えない甲冑が50口径の徹甲弾に耐えるなどあり得ない。

——だが、あり得たのだから仕方がない。

マリナは気持ちを切り替え、背後へと跳躍する。襲い掛かってきた魔獣の顎《あぎと》から逃れ、そのまま背後のガラス窓から外へ飛び出した。置き土産にと、メイドスカートの中から数個の手榴弾《しゅりゅうだん》を取り出し、部屋の中へ放る。

頭上に爆音を感じながら、マリナは中庭へと着地。そのまま一階の窓から城の中へと飛び込んだ。魔獣から距離を取るべく廊下を駆け抜ける。

魂魄人形《ゴーレム》の主従誓約《テスタメント》。

それは確かにマリナを『武装戦闘メイド』へと変貌させた。

エリザによれば『願い』は、マリナのイメージが反映されるのだという。

マリナがイメージしていた『武装戦闘メイド』たちは、普段は何の変哲もないメイドとして働き、いざという時には武器を持ち戦う者だった。

そして彼女らは大抵、スカートの中から、、、、武器を取り出すのだ。

故にマリナは『スカートの中からあらゆる武器を取り出せる』という能力を得た——らしい。未《いま》だに信じきれないが、魔導式というものはそういうモノなのだろう。つけくわえると身体能力も格段に向上している。今なら片手でＭ２を振り回せそうだ。

だが、それでもあの魔獣は倒せなかった。

ヒグマに襲われた時を思い出し、50口径の徹甲弾を連射可能なＭ２を選んだというのに、結果はこのザマだ。

『マリナさん、無事⁉』

先ほどの爆音を聞いたのだろう。先に別の部屋へ逃れていたエリザから念話が届く。

主従誓約《テスタメント》を結んだことで、無線のような真似《まね》もできるようになっていた。つくづく魔導式というやつは便利だとマリナは感心する。

「オレは大丈夫だ。――それよりもアレが着てる鎧《よろい》は一体何なんだ？　重機関銃《じゅうきかんじゅう》が効かねえ甲冑とか反則だろうがっ！」

『え、なんですか、ジュウキって？』

「そこはどうでもいい！　とにかく、あの魔獣の甲冑がクソ硬《かて》ぇ理由を教えろ！」

念話の向こうで、エリザが慌てて記憶を探るような感覚が返ってくる。そう時間を置かず、マリナからの答えが返ってきた。

『〔騎士甲冑《サーク》〕は身につけた者の個魔力《オド》を消費して幾つかの魔導式を発動させています。そのうちの一つに〔結合強化式〕というものがあるの』

「んだそれ？」

『物が壊れないように魔力で強化する式よ。個魔力《オド》の量に応じて、金属板に数十から数百倍の強度を持たせられるの』

「……なるほど。デタラメだな、魔導式ってやつは」

だが、それなら納得だ。

たとえアルミ板でも厚みが増せば徹甲弾を止めることができる。つまりあの魔獣が着ている甲冑は見た目に反して、装甲車か下手すりゃ戦車並みの装甲だということだ。

だが、逆に言えばそれだけのこと。歩兵が持つ対戦車兵器など腐るほどある。

しかし――、

『？　どうしたの、マリナさん。やっぱり怪我《けが》でもして……』

マリナの逡巡《しゅんじゅん》を察して、念話からエリザの心配そうな声が届く。

それに対して「いや、違《ちげ》えよ」と否定し、マリナは説明する。

「アレを倒せそうな武器を思いついた。……が、当てられる気がしねえ」

対戦車兵器といえば、真っ先に思いつくのはRPG－7などの対戦車ランチャーだ。だが俊敏かつ三次元的に動き回る魔獣に弾頭を当てるのは非常に困難。しかも魔獣と起爆可能距離《アーミング》を取るためには、それなりに広い場所で相対する必要がある。

「ま、何とかするさ。とりあえず魔獣を外に誘《おび》き出して、」

『いえ、待ってください』

遮った念話は、決意の気配がした。

『——わたしが誘き寄せます』

「あぁ⁉　なに言って、」

『いずれ魔獣はわたしの匂いを嗅ぎつけます。さっきはマリナさんがわたしが脱いだ服を持っていたから誤魔化《ごまか》せたのでしょうけど、多分もう気づかれてます。だったらわたしが誘き寄せた方が、魔獣も警戒しないはず』

「……それはそうだろうけどよ。エリザは怪我してるだろうが」

『エリザ……』

何故か少し嬉《うれ》しそうにエリザは呟《つぶや》き、そして念話から温かい感触が流れてきた。

『大丈夫。だって——わたしが殺される前に、マリナさんが倒してくれるんでしょ？』

「……ああ、」

念話から感じるのは、確かな信頼だった。

魔導式というのはつくづく厄介な代物だと、マリナは思う。

異世界に死んだ魂を召喚したり、50口径の徹甲弾を止めたり、——果てには感情をダイレクトに伝えてくる。

こんな信頼を寄せられて、裏切れるわけがない。

チクショウ。

「よし、奴《やつ》を仕留める場所を決めよう。ある程度の広さがあって、それでいて奴の動きを一瞬でもいいから止められる場所。……思いつくか？」

マリナが提示した条件に、エリザは得意げな念話を返す。

『一つ、あります』

◆　◆　◆　◆

小賢《こざか》しい真似《まね》をしやがって。

ダリウスがそう毒づくと、感覚共有によって感情を伝達された魔獣も唸《うな》り声をあげた。

まさに共感してくれているとはこのこと。敵国の兵器とはいえ愛着が芽生えそうだ。

城の一階の廊下を進みながら、魔獣は鼻をひくつかせる。

先ほどは、魂魄人形《ゴーレム》のメイドが持っていた公女の服の匂いにつられてしまったが、もう間違えはしない。メイドが纏《まと》う灼けた鉄の臭いを魔獣が憶《おぼ》えたからだ。

それにしても先ほどの魔導具は一体何だったのだろうか。ダリウスは首を捻《ひね》る。やけに自信満々に突きつけてきたから何かヤバい魔導式でも発動されるかと警戒したが、結果は無傷。しかし、だからと言って無視して良いものだろうか。

と、

魔獣が公女の匂いを嗅ぎつけた。

ダリウスは思考を中断し、匂いに集中する。

公女が放つ血の匂いはまっすぐこちらへと向かってきていた。角の向こう、一階から二階へと続く階段からだ。

——馬鹿な娘だ、手間が省ける。

ダリウスは再び〔音響制御式〕を発動させ、魔獣の気配を消すと、公女が目の前に現れるのを待つ。

そして、飛び出してきたドレスへ魔獣は飛びかかった。

しかし、

『服だけ？』

噛《か》み付いたドレスには中身がない。

途端、横から階段を駆ける音が響く。見れば、キャミソールにタイツ姿の公女が二階へと逃げていくところだった。

『またか！　小賢しいガキがっ』

魔獣を走らせ、男は公女を追いかける。

公女は一目散に二階の廊下を駆け抜けていった。貴族の娘のくせに足が速い。食うに困って農作業ばかりしていたから、足腰が鍛えられているのだろう。いちいち腹の立つ娘だ。

しかし、魔獣の足から逃れられるほどではない。

公女は二階を駆け抜けると、その先にあるもう一つの階段を転がるように駆け下りていく。ダリウスはその走りに違和感を覚えた。公女の動きには迷いがなさ過ぎる。

ダリウスは思考を巡らせ、階段の先にある場所を思い出してほくそ笑んだ。

――なるほど、そういう狙いか。

あの階段の先は正面エントランス。そこには確か、大きな魔導灯《シャンデリア》があったはずだ。

そうして、思った通り公女は正面エントランスへと飛び出した。

正面エントランスは一階から二階までの吹き抜け構造。二階から一階へと降りる幅の広い階段がある。公女はそこを一目散に駆け降りていく。

ダリウスもそれを追いかけ――階段を降り切る手前で急に足を止めた。

――瞬間、魔獣の眼前に巨大な魔導灯《シャンデリア》が落ちる。

もちろん、魔獣には擦《かす》りもしていない。

「――あ、」

魔導灯《シャンデリア》の向こう側で公女が目を見開く。

それに対してダリウスはニタリと牙を剝《む》いてみせた。

バレていないとでも思ったか。二度も同じ手を使いやがって。読めてんだよ。

魔獣の笑みを前にして、公女は呆然《ほうぜん》としていた。これが最後の策だったのだろう。まあ、つい去年まで温室育ちだった公女様にしてはよくやった方だが、何度も同じ手が通じると思っているのなら傲慢というものだ。

ふと、あることを思いつき魔獣使い《ビーストテイマー》は個魔力《オド》を魔獣へと送り込んだ。

これまでとは別の〔音響制御式〕を発動させるためである。

『――万策尽きたかな？』

魔獣の口から溢《あふ》れたのは、魔獣使い《ビーストテイマー》の声。〔音響制御式〕は音を消すだけでなく発することも可能。だが制御の難しいそれを遠隔で扱えるのは、魔獣使い《ビーストテイマー》の自慢の一つだった。

公女は驚いたようだったが、貴族としての見栄《みえ》か、すぐに毅然《きぜん》とした態度で応じる。

「何者ですか？　何故《なぜ》今、帝国がわたしを狙うのです？」

『帝国？　ああ……』

公女の勘違いも理解できる。この魔獣〔ティーゲル〕は帝国が開発し、先の戦争で大量に投入されたものだ。この個体にしても、その内の一つを鹵獲《ろかく》して使役している。今もガルバディア山脈を越えた向こうでは、帝国軍国境駐留部隊が魔獣を従えて王国を睨《にら》んでいるわけだから、帝国軍が公女暗殺のために送り込んだのだと考えても不思議ではない。

だが、

『違いますよ。むしろ帝国が貴女《あなた》を殺してくれれば、俺は貴女を殺さずに済んだ』

「――なんですって？」

『不思議に思わなかったのですか？　いくら政争に負けたからと言って、ただの公女が、こんな国境近くの城に封《ほう》ぜられるなど。おかしいでしょう？』

「……」

『貴女がここに封ぜられたのは帝国への餌なんですよ。さあ、ここに貴族の娘がいますよ？　殺してください、ってね』

「何故、そんな、」

『決まっている。――戦争を再開するためですよ』

公女が息を呑《の》み、やがてその顔が苦々しく歪《ゆが》んでいく。

それはそうだろう。この間までの戦争を止めたのは彼女の父なのだ。文字通り命と引き換えに勝ち取った停戦協定。それを無下にしようというのだから。

魔獣使い《ビーストテイマー》は、自身の言葉が公女の心を揺さぶっているという優越感に酔いしれる。何度もこいつは虚仮《こけ》にしてくれたのだ。これくらいはしてやらないと気が収まらない。

さて、もう一押しだ。

『しかし困ったことに、帝国は一向に貴女を殺さない。——だから俺が来た。貴女を殺すために。戦争を再開するために』

「誰です！　誰が一体そんなことを考えて⁉」

『ふふ、……教えてあげません』

ガシャリ、と魔獣が床に転がる魔導灯《シャンデリア》を踏みつけ、公女へと歩み寄る。公女は一歩でも魔獣から離れようと後ずさった。しかし彼女の背後にあるのは壁。外へと続く扉へ逃げるには、魔獣の目の前を横切らねばならない。

公女はもう、籠の鳥だ。

『さあ、死んでください。戦争のために。戦争を欲する者のために、貴女は死ぬのです』

魔獣使い《ビーストテイマー》はニタリと笑い、魔獣が牙を剝く。

——そして、公女もニヤリと笑った。

服は血まみれのキャミソールとタイツだけ。転がるように逃げ回ったせいであちこち擦《す》り傷だらけ。綺麗《きれい》だった銀髪《ブロンド》も乱れに乱れて艶の欠片《かけら》もない。『鍬《くわ》振り公女』どころか『ボロ切れ公女』と言った方が相応《ふさわ》しい。

なのに。

それなのに。

その笑みだけはまるで、貴族のようだった。

「いいえ、わたしは死にません。守るべき民がいる限り、わたしは死ねないのですから」

『はっ――――ほざけぇ‼』

魔獣使い《ビーストテイマー》の感情に呼応するように、魔獣は公女へ跳びかかる。

――その瞬間、正面エントランスの扉が開いた。

魔獣の視界に映ったのは、丸い片眼鏡《モノクル》をかけたメイド。

そいつは肩に黒い筒のようなものを担《かつ》いでいた。

間髪入れず、黒い筒の先端が〔爆裂式〕のような音を立てて飛翔《ひしょう》。魔獣へと一直線に襲いかかってきた。

――またおかしな魔導具か！

魔獣使《ビーストテイマー》いは、またもメイドに誘《おび》き寄せられたことを察して歯噛《はが》みした。だがすぐに心を落ち着かせる。魔獣が纏う〔騎士甲冑《サーク》〕は王国騎士のソレと同等。あらゆる魔導式を無効化し、どんな剣も通さない鉄壁の鎧《よろい》。先ほどの鏃《やじり》の豪雨だって防いでみせたのだから。

飛翔してくるソレを避《よ》けきれなくとも、この甲冑《かっちゅう》がある限り——

その魔獣使《ビーストテイマー》いの考えは、直撃した黒い何かによって魔獣の右前脚ごと吹き飛ばされた。

『んな、』

直撃したソレは、爆裂式のようなものを発生させて魔獣を吹き飛ばす。ゴロゴロと大理石の床を転がって、魔獣の身体《からだ》は壁に叩《たた》きつけられた。

『ぐあああああああああぁぁああああっ‼』

感覚共有によって伝達された痛みに魔獣使《ビーストテイマー》いは叫び声を上げる。それは魔獣が感じている痛みであり、魔獣が致命的な傷を負ったということでもあった。

『痛い、痛い痛い痛い痛い痛いいいいい何だ！　何だソレは⁉　〔魔導干渉域《フース》〕が、〔騎士甲冑《サーク》〕がぁ、鉄壁がぁ痛《い》でぇッ』

魔獣使《ビーストテイマー》いの叫び声を無視して、メイドは正面エントランスへ足を踏み入れる。カツカツ、と編み上げブーツが大理石を叩く音が響き、やがて公女の傍《そば》で止まった。

「エリザ、耳を塞いで口を開け。オレの後ろに回るなよ、横でしゃがんでろ」

言って、メイドはスカートをバサリとめくると、その中から再び黒い筒を取り出した。

それを肩に担ぎ、先端を魔獣へと指向させる。

『だから……だからぁ！　何なのだソレは⁉』

痛みで考えがまとまらない。ダリウスの脳内は『何故《なぜ》』という言葉で埋め尽くされる。

なんだそれは。

その黒い筒は一体なんなんだ。

どうして〔騎士甲冑《サーク》〕の装甲を貫通し、あまつさえ魔獣のバカ太い脚をも吹き飛ばせるのだ。

対してメイドは、仕方がないとでも言いたげに、ボソリと答える。

「パンツァーファウスト3――異世界製《メイド・イン・ファンタジア》の武器ってやつだ」

放たれた黒い弾頭に視界を埋め尽くされたのを最後に
――魔獣使《ビーストテイマー》いの意識は死の痛みに刈り取られた。

◆◆◆◆

マリナは頭を吹き飛ばされ動かなくなった魔獣を見て、ようやく安堵《あんど》のため息を吐《つ》く。

エリザを囮《おとり》にするというのは正直、賭けだった。

確かに魔獣は喰《く》いつくだろうし、マリナは外から不意を突くことができる。だが、正面エントランスまでエリザが逃げ切れるかどうかは、甘めに考えても五分五分。その上、魔導灯《シャンデリア》によって拘束できるかと言えば、かなり怪しかった。実際、魔獣を操っていた何者かはエリザの狙いを読んでいたのだから。

エリザが会話を引き伸ばしてマリナが不意を突くチャンスを作ってくれなければ、二人ともここにはいなかったかもしれない。

会話と言えば、魔獣を操っていた何者かが残した『戦争を再開するため』という言葉も気になる。どうも面倒ごとはまだ続くらしい。

だが今は、そんなことよりも大切なことがある。

「よくやったな、エリザ」

マリナは言って、エリザの銀髪《ブロンド》の頭をくしゃくしゃと撫《な》でた。

隣でしゃがみ込んでいたエリザは、マリナを見上げて「いひひ」と笑う。小さな子供が親に褒められた時のような笑顔に、マリナの心も癒《い》やされた。

このエリザという少女は本当によくやった。魔獣の注意を引きつけるために、できるだけ会話を引き伸ばしたのは彼女の功績だ。恐怖に囚《とら》われず、偶然転がり込んできたチャンスをモノにしたのだから。

「マリナさん、本当にありが――うわっ、」

「っと、」

立ち上がろうとしたエリザが突然体勢を崩す。マリナは慌ててそれを支え、なんとかエリザを立ち上がらせた。考えてみればエリザはかなり重傷を負っている。痛みも相当なもののはずだ。実際、エリザは額に脂汗を浮かべている。

「……マリナさん、申し訳ないけど、応接間にある伝声式具《でんわ》で〔教会〕に繋《つな》いでもらえる？　さすがに〔治癒式〕を使わないとマズイ、かも」

「伝声式具《でんわ》――、ああ『電話』か。分かった」

どうやら教会は病院のような役割も担《にな》っているらしい。魔導式なんてものがあるこの世界の宗教観など知る由もないが、教会が生と死を扱うのは変わらないのだろう。

とにかくエリザをどこかで休ませなければならない。彼女の私室は手榴弾《しゅりゅうだん》で破壊してしまったから、応接間のソファに寝かせるしかないだろう。

そう決めたマリナは、立っているのも辛《つら》そうなエリザを両手で抱きかかえる。エリザもマリナの為《な》すがまま、素直に抱きかかえられた。いわゆる『お姫様抱っこ』というやつだ。

こんな体勢になることを素直に受け入れるなんて——あまり表には出さないが、本当に辛いのだろう。よく泣き出さないものだ。

——強い女だ、とマリナは思う。

そうしてお姫様抱っこをされたエリザは、少し恥ずかしそうに、

「お願いがあるの」

「なんだ？」

「教会に連絡したら、わたしの部屋を綺麗にしておいて貰《もら》えるかしら……。掃除用具とか、ゴミをまとめる袋なんかは隣の部屋に全部あるから」

「あー……、」

エリザは部屋の惨状を知らないのだろう。掃除も何も、爆破したのだから何から何まで燃えかすになっている。だがそれを今伝えてショックを受けられてもまずい。マリナは「分かった」とだけ返事をする。

「それから、廊下もね……。割れた窓ガラスは商会でシュヴァルツァーさんに頼んで」

「おーけー」

「中庭の畑の様子も見ておいて。トマトはもうすぐ卸すことになってたから、潰れてたら商会に言っておかないといけないし。あ、地下蔵もお願い。目録も地下蔵にあるから」

「……え、いや、」

「魔獣の死骸は中庭に持って行ってちょうだい。牙とか爪は商会で引き取って貰えるから、切り取って綺麗に洗ってまとめておいて。身体の方はできるなら捌《さば》いてバラバラにしてくれないかしら。鉈《なた》とかは納屋《なや》にあるから。うちの野菜は魔導肥料で育ててるけど、魔獣の死骸からも肥料は作れるし。あと朝ご飯は軽めのものをお願い。紅茶はケルティックの茶葉がいいかな。それとこの騒ぎをエッドフォード家の憲兵軍が聞きつけてここに来た時のために接待用の茶菓子も選別しておいて。きっとエッジリアさんも一緒だからあの人の好きな南部のお菓子を――」

「ちょっ！　ちょっと待ってくれ、」

マリナは慌ててエリザの言葉を遮った。

口早に次々と指示を出していたエリザは「ん？」と、マリナの腕の中でキョトンとした顔をこちらへ向けている。

「何か分からなかった？　そしたら、その都度訊《つど》いてくれればいいから――」

「いや、そうじゃなくてさ」

「じゃあ、なに？」

「……やることが多すぎないか？」

「でも先延ばしにできないもの。下手したら明日には役人が調査に来るかもしれないし。貧乏暇なし、よ」

「あー、いや、そのな——それ全部、オレがやるのか？」

「当たり前でしょう？」

エリザは何を当たり前のことを訊くのだ、とでも言いたげに笑った。

それはとても無邪気で、こちらを信頼しきった屈託のない——それでいて有無を言わせない迫力を伴った、なんとも貴族的な笑顔。

エリザベート・ドラクリア・バラスタインは、仲村マリナの腕の中で宣言する。

「だって、あなたはもう——わたしのメイドなんだから」

第二話　戦場のメイド服

「諸君、私は悲しい命令を下さねばならない」

エッドフォード伯爵領シルヴァーナ地方シグソアーラ駐屯城塞。

その歴史ある執務室に陰鬱な声が響いた。

声の主である金髪碧眼《へきがん》の男——リチャード・ラウンディア・エッドフォードは、自身の前で臣下の礼を取る騎士三人を見回す。

《鉄壁の紫雷《しらい》》と謳《うた》われし黒髪の騎士——アンドレ・エスタンマーク。

輝槍《きそう》を担《にな》う大騎士——ガブストール・アンナローロ。

同じく大騎士にして不滅剣の継承者——ニコライ・ジャスティニアン。

そこにリチャード自身を加えた〔炎槌《えんつい》騎士団〕の総勢四人が集結していた。

皆、作戦の当初から関わっている。リチャードの言葉の意味を正しく理解した。

つまり——魔獣使い《ビーストテイマー》が公女に敗れ、暗殺が失敗したのだと。

副官のアンドレが確認する。

「では……第二案を？」

「そうだ。これより我ら〔炎槌騎士団〕は、バラスタイン領チェルノートへ侵攻する」

そうリチャードは肩をすくめてみせる。

第二案とは『帝国へ寝返った咎《とが》によりエリザベートを討伐。さらに貴族を誑《たぶら》かした報復として、帝国領へ攻め込む』というもの。

勿論《もちろん》、それは建前。公女には王国を裏切るような素振りはない。

つまり戦争を再開させるため、無実の罪を着せて殺すということだった。

──執務室に集まった三人の顔が、苦渋に歪《ゆが》んでいく。

エリザベートという少女がただの民草ならば、無実の罪を着せようとも心は痛まない。民衆は所詮、貴族や騎士という『力』に縋《すが》るしか能のない家畜。無闇に殺すわけにはいかないが、故《ゆえ》あればそこに躊躇《ちゅうちょ》はない。

しかし、同じ貴族に不名誉な罪を被《かぶ》せて殺すというのは、流石《さすが》に心が痛んだ。

「……作戦の中止は？」

「できんさ。親父《おやじ》も兄貴も早く戦争を始めたくてウズウズしている」

アンドレの不安げな声に、リチャードは諦観混じりの否定を返した。

そしてチラリと、執務机に積まれた書類の山を見やる。

それはエッドフォード家の窮状を示すものだ。

「金だよ。全ては金なのだ」

元々、エッドフォード家の領地運営は余裕があるものではなかった。特産物もなく、領主に商才があるわけでもない。強いて言えば騎士団の強さが売り、という平和な時代には何の役にも立たない伯爵家。保守派筆頭という立場と見栄《みえ》も財政に負担をかけた。

ジリジリと領地の財政破綻が近づく中で、エッドフォード家はある博打《ばくち》に出た。

それは帝国に領地を奪われつつあったバラスタイン辺境伯を見捨てるというもの。辺境伯領の全てが帝国の手に落ちた段階で反撃し、帝国から解放するという名目で、豊かなバラスタイン辺境伯領そのものを我が物にしようとしたのである。あわよくば帝国侵略の先陣を切り、新たな領土を得ようとも。――だが、停戦と共にその野望は砕かれた。

どうしても戦争がしたかった。

それだけが希望だった。

故に、バラスタイン家唯一の生き残りである公女エリザベートを、チェルノートに押し込め贄《にえ》としたのだ。もう後戻りはできない。

ふと、アンドレが「現地住民はどうします？」とリチャードへ振る。

執務室の重い空気を変えようとしたのだろう。リチャードの腹心であり、幼馴染《おさななじ》みでもあるアンドレは気の利《き》く男だった。

リチャードもその気遣いに乗ることにする。

「言ったろう？　チェルノートは帝国と繋《つな》がっている。あそこにいる民は全て帝国軍だ」

「ということはつまり……」

「ああ。一人残らず殺して構わない」

リチャードの言葉に、ガブストールとニコライが「おお」と笑みを溢《こぼ》す。

それも当然だ。

民草を無闇に殺すことを王が禁じて以来、二人はもう長いこと人間《かちく》で遊んでいない。

狐《きつね》狩りなどでは到底味わえぬ興奮を、貴族《にんげん》がそう簡単に忘れられるわけがなかった。

これで多少は、公女を殺す罪悪感を慰められるだろう。

「久々の狩りだ。おおいに楽しみたまえ」

◆　◆　◆　◆

——遠く、どこからか鉄を叩《たた》くような音が響いている。

その甲高い音でエリザの意識は覚醒した。

身体《からだ》を起こすと関節や筋がパキパキと音を立てた。身体中が霜でも降りたように固まっている。応接間の狭いソファで寝ていたからだろう。

「……?」

寝ぼけた頭で周囲を見回しながら、何故《なぜ》、応接間のソファで寝ていたのだろうと考える。記憶を遡っていくと朧《おぼろ》げに、魔獣に襲われたことを思い出した。

——そうだ、殺されかけたんだ。

ボサボサの頭を掻《か》きながらエリザはもう片方の手で背中をさする。魔獣の爪が食い込んだはずの傷跡はすっかり消えていた。昨晩、教会の神官が施した治癒式の成果だ。数百年前の布教戦争以来、教会は医療機関や金融機関として勢力を伸ばし、あらゆる人々に治癒魔導式を施している。対価として領主から運営費を請求しているので、領主の家には必ず直通の伝声式具《でんわ》が貸し出されている。今回はそれに救われた形だ。なにしろエリザには、伝声式具《でんわ》なんて高価なものを買う余裕はない。

ふと、応接間のテーブルを見やると、そこには幾つかの皿が置かれていた。皿の上にあるのは焼いた干し肉《ベーコン》と、スクランブルエッグ、切り分けたライ麦パンだった。その横には紅茶のポットが湯気をあげている。

エリザは寝ぼけた目を覚まそうとポットから紅茶をカップへと注《つ》ぎ、口へと運ぶ。

──途端、顔をしかめた。

「……エッジリアさんが味音痴で良かった」

マリナが用意した紅茶は、はっきり言って不味《まず》かった。

熱湯をそのままポットへ注いだのだろう。紅茶の香りが完全に飛んでしまっている。無駄に苦味が出ていることから、茶葉の量も、蒸らす時間すらも計っていないように思えた。これでは紅茶のフリをした色水。そもそもエリザが頼んだケルティックの茶葉ではない。

まあ、目を覚ますには丁度良かったかもしれない。

エリザは気を取り直し、ベーコンとスクランブルエッグを口にして、ライ麦パンを苦い紅茶で流し込む。不思議なことにスクランブルエッグとベーコンの味と焼き加減は問題ない。それどころか手馴《てな》れたもののように感じられる。兵隊をやっていたというから、紅茶はともかく軽食を作る機会は多かったのだろう。

さて、このアンバランスな朝食を用意したメイドはどこへ行ったのだろうか。

エリザがそう思っていると、再び鉄を叩くような音が外から響いてきた。今度は乾いた破裂音も一緒。音は、中庭の方から聞こえてくる。

エリザは寝巻き姿のまま、応接間を後にした。

◆◆◆◆

中庭は魔獣が足を踏み入れなかったのだろう。使わなくなって久しい東屋《ガゼボ》に這《は》う蔦《つた》までそのままだった。

異なる点を挙げるとすれば、バラバラに解体された魔獣と思《おぼ》しき肉塊が城壁の隅に集められていること。その爪や牙が井戸の近くに並べられ天日干しにされていること。

そして城壁に並べた〈騎士甲冑《サーク》〉へ向けて何かを放つ、赤髪のメイドがいることだ。

「なにしてるの？」

「──なあ。あの鎧《よろい》、どうしちまったんだ？」

エリザが近づいてきていることに気づいていたのだろう。声をかけた途端に疑問が返ってきた。マリナは手に持った黒い道具──金槌《かなづち》だろうか──を不思議そうに眺めてから、その先端を、魔獣から引き剝《は》がしたと思しき〈騎士甲冑《サーク》〉へと向ける。

それを手でグッと握りこんだかと思うと、黒い道具から大きな破裂音が響き、その先にあった〈騎士甲冑《サーク》〉の一部が跳ね飛んだ。

「……昨日は50口径の徹甲弾でも貫通できなかったのに、今じゃマカロフ弾どころかタングステンナイフでも穴が空く。ったく、どうなってんだ？　昨日のアレは夢か？」

「それは、異世界《ファンタジア》の武器？」

そうエリザが問うと、マリナは「ああ」と頷《うなず》く。

「スチェッキンだ。自動拳銃」

「へえ、人の名前みたい」

「勘がいいな、その通りだ。――こっちの世界に『銃』はないのか？　爆発する粉で鉄の弾を飛ばす武器なんだが」

「……〈爆裂式〉とは違うの？」

エリザが知る限り、爆発という現象を起こすには魔導式が必要だ。一部の錬金術士であればそういった粉を作っているのかもしれないが、少なくとも一般的ではない。

そうエリザが答えると、更にマリナは『ジュウ』について詳しく説明してくれた。

それは〝カヤク〟と呼ばれる粉を筒の中で爆発させ、その爆風によって筒の中に詰めた鏃《やじり》を飛ばす武器であるという。50口径とはその鏃の大きさを指し、大きくて尖《とが》っているほど威力が増していく。50口径ともなれば、分厚い鉄板でも易々《やすやす》と貫通するらしい。

そして昨晩の〈騎士甲冑《サーク》〉は50口径の鏃を弾《はじ》き返したという。だが今は、簡単に貫通できる。ソレが不思議だと、このメイドは言いたいらしい。

マリナが言いたいことを朧《おぼろ》げに理解したエリザは「そりゃそうよ」と答えた。

「だって、今は個魔力《オド》を通してないもの」

「おど……？」

マリナは眉をひそめ「なんじゃそりゃ」という表情を浮かべる。

そう、この赤髪に片眼鏡《モノクル》をかけたメイドは異世界《ファンタジア》の死者なのだ。

どうやら彼女の世界には『魔力』という概念そのものが存在せず、人間は魔力に頼らずに生きているらしい。なんとも不便な世界だ。

仕方ない、とエリザは気を取り直して、マリナへ説明する。

「個魔力《オド》っていうのは、生き物が体内で生成している魔力のことよ。魔力は魔導式を動かすための〝力〟だって話はしたわよね？」

「ああ。電気みたいなもんだな」

「うーん……多分、そう？」

電気は〔雷火式〕で生み出すものだとエリザは思うのだが、異世界《ファンタジア》では魔力のように電気を利用しているのかもしれない。

「ともかくその〔騎士甲冑《サーク》〕は個魔力《オド》を通してないから、鎧に組み込まれた〔結合強化式〕が作動してないの。だから元々の素材が持つ強度しかないわ」

「ああ、それ昨日も言ってたな。……その〈結合強化式〉ってなんだ？」

エリザは「知り合いの錬金術士からの受け売りだけど」と前置きしてから説明する。

鉄という素材は、切り刻んだりして限界まで細かくしていくと、目には見えないほどの小さな粒になるのだという。その粒が大量に集まってお互いに結びつき、鉄という素材を成しているのだとか。その結びつく力を強化するのが〈結合強化式〉というわけだ。

「粒が結びつく力っていうのは見えない〝バネ〟みたいなものなんだって。だから多少は曲げたりしても鉄は元の形に戻るけど、やりすぎるとバネが千切れて曲がったままになっちゃう。〈結合強化式〉はバネが千切れないように魔力で抑えつける式だそうよ」

エリザの説明を聞いてマリナは「なるほど……」と顎に手を当てて考え込んでいる。

「金属結合を強化する魔法ってわけか。弾性限界を超えて変形しそうになると、魔力とやらが邪魔をすると……」

マリナが言っていることはよく分からないが、どうやら異世界《ファンタジア》の常識に当てはめて〈結合強化式〉について理解したらしい。その理解の早さにエリザは「似たような技術が異世界《ファンタジア》にもあるの？」と訊いてみる。

「いやない……とは、言い切れねえか。どっかの国が研究してた気がする。まあ――」

言って、マリナは『銃』を構えると〈騎士甲冑《サーク》〉の残骸に銃弾《やじり》を放った。

銃弾に貫かれた鎧《よろい》が弾《はじ》け飛び、チーズのような穴を晒《さら》す。

「――強度が分からねえんじゃ結局出たとこ勝負ってことだな」

「出たとこ勝負？　それってどういう――」

「お、そうだ。エリザも一つくらい使えるようになっとけよ」

エリザの質問に答えず、マリナはメイド服のスカートから別の武器を取り出した。今度は先ほどの『銃』とは比べものにならないほど大きな鉄の筒だ。マリナはそれをエリザの肩に担《かつ》がせ、筒についた取っ手を摑《つか》ませる。

「重いからしっかり持てよ？　ほら、支えてやるから」

「え、ちょっと、なにこれ」

「〝ラット〟って名前の対戦車ミサイルだ」

「タイセンシャ、ミサ？　お祈り？」

「ここに穴があるだろ？　そこを覗《のぞ》いてみろ」

「……何も見えないけど」

「あ、やべ。レンズキャップ外してねえ」

マリナはエリザに密着したまま、ゴソゴソと『ラット』という名前の筒を弄《いじ》る。すると覗いていた穴に光が射した。知らない文字と線、その向こうに見慣れた城壁が見える。だがそれよりも、左頬《ほお》に感じるマリナの体温の方が気になった。魂魄人形《ゴーレム》にも温《ぬく》もりがあるのだと、エリザは驚く。

けれどこの心臓の高鳴りは、どうにもその驚きとは関係ないような気がした。

そんなエリザの内心を察することもなく、マリナは頬をくっつけたままエリザの耳に『タイセンシャミサ』の使い方を囁《ささや》く。

「コイツは対戦車ミサイルっつって、分厚い装甲を持つ敵でも殺せる武器だ。ロックすればある程度追尾するから、相手が遠くにいたり小さかったりしても当てられる」

「誰に当てるの？」

「そりゃ騎士様だろ」

「へ？」

マリナはなにを当たり前のことを訊《き》いてるんだ、とでも言いたげだった。

だが、エリザの方は訳が分からない。

「えっと、ごめん。あのね？　なんで騎士を倒す準備をしてるの？」

「どっかの誰かが、アンタを殺し損ねたからさ。……ほら、トリガーに指を置いてみろ。どうせ今は撃てねえから。熱源ねえし」

「いいから先に答えてっ！」

エリザは思わず大声を出した。

何故《なぜ》だか分からないが、マリナは何かを急いでいるように思える。こちらの質問を無視して、自分のやりたいことを優先しているようだった。

なにか、他に重要なことでもあるかのように。

エリザの叫びに観念したのか、マリナは重い口を開いた。

「魔獣を操ってた奴《やつ》の言葉、覚えてるだろ？　『お前を殺して戦争を再開する』ってさ」

「……ええ」

つい昨晩のことだったが、何日も前のことのように思える。だが確かにあったことだ。

「つまりだ。アンタを暗殺し、その罪を帝国におっ被《かぶ》せて『よくもうちの大切な娘を殺したな！』という大義名分で戦争を吹っかける――ってぇ物語を考えてる奴がいるんだよ」

「それは、誰なのですか？　王国の誰かだと？」

「んなこと昨日今日ここに来た人間に分かるかよ。――それに問題はそこじゃない。

問題はその黒幕気取りが、もうすぐここへ攻め込んでくるってことだ」

「……なんですって？」

エリザは驚き、マリナの方へ顔を向ける。まさに目と鼻の先にマリナの顔があった。何だか気恥ずかしくなり、再び『タイセンシャミサ』の覗き穴へと視線を戻す。

マリナはエリザの耳に囁き続ける。

「いいかエリザ？　アンタは敵の計画の一部を知っちまった。それをこの国のしかるべき機関に報告するなり、他国へ喧伝《けんでん》するなりすれば、たちまち敵さんは立場が危うくなる。ソイツ等《ら》としては、そうなって欲しくないわな」

「……そうね」

「とすると黒幕が取るべき手段は二つ。自身へ繋《つな》がる証拠を隠滅して無実を主張するか、アンタの口を封じて悪者に仕立て上げるかだ。敵が証拠隠滅に動くならいい。もう暫《しばら》くはアンタに手を出して来ない。――だが、口封じに来る場合は違う。アンタが誰かに告げ口する前に、今すぐにでも殺しにくる」

「マリナさんは、どっちになると思うの？」

「殺しにくると思うね」

「どうして？」

エリザの問いに、マリナは肩をすくめる。

「敵さんは戦争をしたいんだ。戦いの基本は奇襲で相手を驚かせて、対応される前に自分のペースに巻き込んで潰すこと。……ということは、だ。アンタを暗殺した段階ですぐに帝国へ攻め込むつもりだったはずなのさ。そして奇襲は時間をかければかけるほど成功率が下がる。なら、さっさとエリザを殺して帝国へ攻め込みたいと考えるはずさ」

違うか？　と、マリナは『空に林檎《りんご》を投げたら落ちてくるだろ？』とでも言うようにエリザへ問いかける。それは彼女の中では当たり前で、確定事項なのだろう。

「で、エリザ。アンタはどうする？」

そう耳元で囁くマリナに、エリザは「どう、って？」と訊き返す。うまく思考がまとまらない。そんなエリザにマリナは、残酷な現実を優しく突きつける。

「他国へ攻め込む軍隊を動かすなら、この城だけで被害が済むとは思えねえ。きっと、町にも何らかの被害が及ぶぞ」

「……町が」確かにあり得ないことではない。「そうなったら町の人間は、ここへ避難させます」

「ここには何か防衛設備があるのか？」

「一応、要塞用の魔導干渉域《フース》発生器が地下にあるんです。城をすっぽり覆える程度の。起動に大量の蓄魔石《ちくませき》を使うので今は動かしてませんが。いざとなれば、魔導式の攻撃くらいは凌《しの》げます」

マリナは「ああ〔騎士甲冑《サーク》〕ってのに付いてるってやつか」と、エリザの耳元で呟《つぶや》く。

「なら、敵はどうする？　籠城《ろうじょう》してもそれだけじゃジリ貧だぜ？」

「王政府に救援を要請して——」

「来るのか、それ？」

「……なら、わたしとマリナさんで敵の足止めを。その間に町人は山へ逃がします。ガルバディア山脈から、そのままガラン大公の領地へも逃げられますから」

「ならガラン大公とやらに何か交換条件を出しとけ。情けだけで難民は受け入れられねえ。この前まで戦争やってたんなら、覚えがあるだろ？」

　マリナから言われ、エリザはかつての領地から逃げ出した領民たちのその後を思い出した。多くはそのまま帝国の領民として組み込まれたそうだが、それを嫌って逃げ出した民たちは未《いま》だに定住先を持てず、あちこちの町を渡り歩いている状態らしい。チェルノートの町の人間もそうなってしまうということだ。それはできるだけ避けたい。

「町長のカヴォスさんに早馬を借ります。あと商会のシュヴァルツァーさんにも話せば青年団や商会の従業員が組織的に動いてくれるかと」

「ま、それぐらいが妥当か。……そらトリガーを押してみろ。実戦なら、それで対戦車ミサイルが飛んで——」

　と、

「おひい様っ！」

背後からかけられた声に、二人は同時に振り向く。そこには息を切らせている老婆の姿。ミシェエラだ。

「ミーシャ、どうしてここへ……」

「どうしても何も、おひい様が襲われたって聞いたもんだから、あたしゃ心配で心配で」

エリザの無事な姿を見たからだろう。ふっ、と緊張の糸が切れたのか、ミシェエラはその場に膝から崩れ落ちる。エリザも担いでいた『タイセンシャミサ』を放り出し、老婆のもとへ駆け寄った。

「ミーシャ？　大丈夫？」

「おひい様こそッ、どこか怪我《けが》はなさってないんですかい？　猛獣に襲われたって……」

「ええ、魔獣に襲われたの」

「魔獣っ⁉」

「でも大丈夫だからっ。もう教会の人に治して貰《もら》ったから」

「治して貰ったって……やっぱり怪我をなすったんで⁉　ああ、こんなところにいないで横になっててくださいな。城のことはあたしがやっておきますんで」

「え、ちょっと……ミーシャそんな押さないで。平気だからっ」

ぐいぐいと城の中へ押し込もうとするミシェエラに、エリザは仕方なく従うことにした。

まあ、いつまでも寝巻きではいられないのも事実。ミシェエラに服を用意して貰おう。

「あ、えーっと……マリナさんだったかいね？」

と、そこでエリザを城へ押し込もうとしていたミシェエラがマリナの方へ声をかけた。

マリナは昨日も浮かべていた作り笑顔で「はい」と答える。

「あんた、おひい様に食事とお茶を用意してやってくれないかい？」

「それならもう――」

と、マリナが同意を求めるようにこちらを見てくる。

そこでようやくエリザは思い出す。

そうだった。あの紅茶について文句を言わねばならない。

「マリナさん、あの紅茶は酷《ひど》いですよ？　苦いばかりで香りも風味も台無しです」

「え？　マジ？」

「それに掃除もしてくれたのはいいけど、後で仕上げをしてくださいね」

「いや、アレは理由があってだな……。そもそも埃《ほこり》で死ぬわけじゃあるまいし」

「ちょっとなんだい？　おひい様にその口の利き方はっ！」

間に立っていたミシェエラが耳聡《みみざと》くマリナの口調の変化に気がついた。マリナは「あ、やべ」という顔でミシェエラの渋面を受け止めている。

「しかも今の話じゃ、あんたロクに仕事もできないみたいじゃないか」

「えー、いや、まあオレもプロってわけじゃねえから……」

「教育を受けてないのかい!? おひい様! なんだってこんなのを雇ったんです!?」

「……んだとババア? 〝こんなの〟って何だ? こんなのって」

「茶もロクに淹《い》れられないメイドは〝こんなの〟で充分だろうさっ」

「上等だ。オレに喧嘩《けんか》売ってんだな? そうなんだな?」

「はっ! イキがるんなら、まともな茶を出してみな!」

「――ちょっと、二人ともやめて。わたしが悪かったから……」

口論を始めた二人をエリザは止めようとする。

だが、二人は途端にエリザへ向けて、

「エリザは悪くねえっ! この干物ババアが喧嘩売ってんだよ!」

「おひい様は、悪くありません! この穀潰《ごくつぶ》しが悪いんでさ!」

一瞬の間。そして、

「「なんだとこのババア/ガキ‼」」

にらみ合いを再開した二人にエリザは「ああもう……」と頭を抱える。ミシェエラはエリザのこととなると頭に血が上りやすいところがあったが、まさかマリナと喧嘩を始めるとは思わなかった。マリナはマリナで口の悪さに見合った気性の荒さを晒《さら》している。このまま放っておいては殴り合いが始まりかねない。

　エリザは意を決して二人の間に入る。

　そして大きく広げた両手を「パンッ」と打ち鳴らし、

「はい、注目！　喧嘩は終わりです。二人にはお仕事を命じます。マリナさんは町へ行ってシュヴァルツァーさんに今の話を。ミーシャはわたしと城のお掃除。お昼ご飯も作ります。マリナさんはお昼には帰ってきてください。いいですね？」

「エリザ。オレだけ厄介払いするような……」

「そうですよおひい様。こんな小娘に大事な仕事を任せるなんて……」

「異論は聞きません！　あなたたちは、わたしの〝メイド〟です！

　――それとも仕事より喧嘩の方が大事なんですか？」

　エリザが二人を交互に睨《にら》みつけると、マリナとミシェエラは叱られた子犬のようにションボリと肩を落とした。その姿があまりにそっくりで、もしかしたら二人は似た者同士なのかもしれないとエリザは思う。それを言ったらまた喧嘩になるのだろうけど。

「……じゃあ、行ってきます」

　そう言って、マリナは中庭から正門の方へトボトボと歩いていってしまった。

少し心配になって、エリザは念話で『大丈夫?』と問いかける。

『そんなに気を落とさないで。何かあったらすぐ念話で……』

『ああ、落ち込んでなんかいられないさ。時間はあまり残ってないだろうしな』

言って、マリナは背中を向けたまま手を振り門の外へと姿を消してしまう。

「——戦争、か」

「なにか言いましたかね、おひい様」

「ううん、なんでもないの」

口から零《こぼ》れ出た呟きを誤魔化《ごまか》して、エリザは城の中へ戻る。

父が止めた戦争を、再開したい者たちがいる。

そのことが、とても悲しかった。

◆◆◆◆

嫌な予感がした。

仲村マリナは、チェルノート城から町までの坂道を全力で駆け下りていた。

魂魄人形《ゴーレム》の脚力は常人のそれを遥《はる》かに超えており、疲れも知らない。何とも便利な身体《からだ》になったものだとマリナは思う。草原の合間に頭を覗《のぞ》かせる岩を足場にして、マリナは跳ねるように町へ向かった。

目的地は、例の商会。

町に入ると目抜き通りに見覚えのある看板が現れる。商会の馬車に描かれていたものと同じ紋様だ。マリナはメイド服についた埃《ほこり》を払って商会の裏手、荷積み場へと回る。

──案の定だった。

荷積み場には小さな町には似つかわしくない大きな馬車が数台並び、幾人もの荷役が中へ様々なものを積み込んでいた。何を急いでいるのか知らないが、効率もへったくれもなく、とにかく時間が惜しいとばかりに荷台に木箱やら美術品やらを押し込んでいる。商会の職員らしき男たちも何やらピリピリしているようだ。

この様子を見れば、誰もが同じ感想を抱くだろう。

──夜逃げでもするのか、と。

「おう！　公女様んとこのメイドじゃねえか」

「あら、こんにちは」

声をかけてきたのは、昨日も会った荷役だった。確か『エンゲルス』と呼ばれていたはず。マリナが「エンゲルスさんは今日もお元気そうで」と声をかけると、途端に顔を綻ばせ、マリナの方へと駆け寄ってくる。

「なんだいメイドさん。今日は野菜を卸す日じゃねえだろ？」

「お嬢様からお使いを頼まれまして。シュヴァルツァー様のところでしか扱っていないということでしたので参りました。──なんだかお忙しそうですね？」

マリナが荷積み場に並ぶ馬車を見てエンゲルスに問うと、エンゲルスは愚痴る相手を見つけたとばかりに話し始める。

「そうなんだよ！　なんか知らんが今朝方、旦那が急に『麓の町から大型発注が入った。急いで用意しろ』って言い出してよ。こちとら午後番だったのに叩《たた》き起こされてさあ」

「まあ、貴族でもいらっしゃるのかしら」

「あぁ～、あるかもしれねえな。旦那秘蔵の品物まで積み込んでるし。エッドフォード家の誰かが来るとかな」

「──シュヴァルツァー様は、中に？」

「ああ、二階にいるよ。……けど、中には誰も入れるなって言われててよお。町長のカヴォスさんも来てなんか話し合ってんだよな」

くそが。

マリナは舌打ちするのを、すんでのところで堪《こら》えた。

　こいつは、ますます拙《まず》い。

　だが、思い違いということもあり得る。何しろ昨日、異世界《ファンタジア》に来たばかりなのだ。常識も何もかもが『ニッポン』とは違うだろう。

　だから、念のため訊《き》いてみることにした。

「お尋ねしたいんですけど……今朝、うちのバ――ミシェエラが来ませんでしたか？」

「おう来たぜ。……つーか、俺はあの婆《ばあ》さんの声で起きたんだよ。うちの旦那と何を話してたのか知らんが、いきなりデカい声で『なんだいそりゃあ‼』って叫んでさ。何事かと思って寮の窓から覗いたら、年寄りとは思えない速さで城の方へ向かってってよ。ありゃあと十年は死なねえな。――メイドさんは会わなかったか？」

　最悪だ。

　マリナの耳には既にエンゲルスの声は届いていなかった。

　城を出てからずっと気になっていたのだ。

　あの腐れ干物ババアが一体どこで、エリザベートが襲われたなどと聞いたのか。

「――いつだって、一番戦争の気配に敏感なのは商売人だ」

「え、なんだ？　メイドさん、なんか顔が怖いんだが……って、おい！　今は中に誰も入れるなって、」

マリナはエンゲルスを無視して荷積み場を突っ切り、商会の建物へと向かう。

脳裏に蘇《よみがえ》るのは、茨城《いばらき》の大洗《おおあらい》にキャンプを張っていた時のこと。

毎日米軍の横流し品を売りつけに来ていた闇商人《ブローカー》が姿を見せなかった日のことだ。

あの日、いつまでも来ない闇商人《ブローカー》を探しにマリナがキャンプを出た直後、キャンプを砲弾の雨が襲った。完全な奇襲であり、マリナが所属する民兵組織だけでなく合同で作戦にあたる予定だった自衛隊まで吹き飛んでしまった。闇商人《ブローカー》はそれを知っていたから来なかったのである。

マリナは商会の二階へと上がる。後ろからは「ヤバいってメイドさん、戻ってくれよ」と小声で慌てるエンゲルス。しかしこの男に構っている暇はない。マリナは話し声が聞こえてくる扉を見つけると、ノックもなしに開いた。

「っ⁉ あ、あんた……」

「誰だ、シュヴァルツァー。メイド……？」

部屋の中にいたのは、ふくよかな腹を持つ商会の主人と、老眼鏡をかけた神経質そうな初老の男だった。恐らく初老の方が町長のカヴォスだろう。

二人とも、突如現れたマリナに目を丸くしている。

時間がどれほど残されているか分からない。

マリナは一切を飾らずに問う。

「逃げるのでしょう？　町から」

「な、何を言ってるんだ君は……逃げるって、」

「申し訳ありませんが、言い訳に付き合う余裕を持ち合わせておりません。

なので単刀直入に。――どこで聞いたのですか？」

マリナは有無を言わさず商会の主人へと詰め寄る。

何もかも知っている。

そう、態度で示す。

実際にはマリナは何も知らない。ただの勘。経験則でしかない。

だが、こちらが『これだけ知ってるぞ』と言えば相手は勝手にスルスルと話し始めるもの。なにしろ隠す意味がないし、相手が何を知っているのか探りを入れたくなるからだ。

シュヴァルツァーは悩んだ末に「き、教会に出入りしてる奴《やつ》からだ」と答えた。

なるほど。どうやらエリザを治療した神官と近しい人間が、商会にはいたらしい。商会の主人はそこでエリザが暗殺されかけたと察したのだろう。ミシェエラにそのことを話したのは探りを入れるためか。残念ながらミシェエラは何も知らなかったわけだが。

だが、それだけでは昼間っから夜逃げのような騒ぎを起こす理由にならない。

もっと引き出せるものがあるはずだ。

マリナは「いいえ、そうではありません」と凶悪な笑みを浮かべて、更にシュヴァルツァーへと近づく。そして椅子に座るシュヴァルツァーに半ば覆いかぶさるように、顔を寄せていった。

絹で織られた手袋でシュヴァルツァーの頬《ほお》を優しく撫《な》でる。

「違いますでしょうシュヴァルツァー様？　わたくしが訊いてるのはもっと突っ込んだ話です」

「つ、突っ込んだ……？」

「誰が、いらっしゃるのですか？　お客様たちの人数は？」

マリナが掛ける片眼鏡《モノクル》の向こうで、シュヴァルツァーが唾を呑《の》み込んだ。

つまり、何もかも摑《つか》んでいるのだろう。

こいつかなりできる男だ。マリナは心の中で称賛する。こんな田舎町にいて良い商売人じゃない。こうしてオレに押されているのだって、単にこっちの背後に何かの影を見ているからこそ。オレがただのメイドと知れれば、この男はシラを切り通す。

欲しい、とマリナは思う。

町の物資を管理し、組織的に動かせる部下と同業者による情報網を持つ男。

生まれてこの方ゲリラ屋だったマリナの勘が告げる。

——コイツは使える、と。

マリナの視線を浴びて、シュヴァルツァーは『ぎりり』という音が聞こえそうなほど歯を食いしばってから声を絞り出した。

「……悪いが、俺は逃げるぞ」

「シュヴァルツァー⁉」

隣で沈黙を守っていた町長のカヴォスが、シュヴァルツァーを咎《とが》めるような声をあげる。

「お前、本当に——」

「カヴォス、お前も逃げろ。昔馴染《むかしなじ》みが死ぬのは辛《つら》い。本当なら誰にも言わずに逃げるつもりだったんだ。俺の厚意を無駄にしないでくれ」

「町を捨ててか⁉」

「何を言ってる⁉　相手は〈炎槌騎士団〉だぞ‼」

炎槌騎士団——どうやら、それがエリザを殺そうとした黒幕であり、これからこの町を襲う脅威らしい。

あの魔獣が返り討ちにあった以上、敵は投入できる最大戦力でやってくるだろうと思っていた。異世界《ファンタジア》における『騎士団』という戦力がどの程度のものかは分からないが、シュヴァルツァーの反応を見る限り、恥も外聞も捨てて逃げたくなる程度には強大なのだろう。

ふと、マリナの魂魄人形《ゴーレム》の耳が小さな音を捉えた。

何かが、落下してくる風切り音。

「――ッ！　伏せて！」

「は？　ぐおッ、痛《い》てえ、なにしやが――」

マリナは商会の主人をテーブルの下に蹴り込み、自身も床へ屈《かが》みこんで頭を抱える。

途端、爆音と共に地を突き上げるような衝撃がマリナたちを襲った。

反応の遅れた町長のカヴォスは床に放り出されて頭を打ち、廊下で息を潜めて様子を窺《うかが》っていたエンゲルスもたまらず部屋へ転がり込む。

唯一、マリナが庇《かば》ったことで無傷だったシュヴァルツァーが悲鳴をあげる。

「何が起こってるんだ！　メイド!?　今のは何なんだ！」

「お分かりでしょう？　――開戦の合図です」

マリナはシュヴァルツァーを押しのけ、姿勢を低くしたまま窓へと近づく。そして衝撃で割れた窓ガラスの欠片《かけら》を拾うと、鏡代わりに反射させて外を窺った。

――チッ、展開が早いな。空挺《くうてい》でもいるのか？

割れた窓ガラスに映るのは、町のあちこちから上がる火の手。そして、その周囲の空を飛び回る人影だった。そいつらは漫画《コミック》に出てくる魔法使いが持つような長い杖《つえ》を持ち、そこから火球を生み出して町へ放っている。なるほど、空挺より厄介そうだ。

「炎槌騎士団が……。エッドフォード家の懐刀《ふところがたな》が、来ちまった……」

「おい……シュヴァルツァー、私も逃げることに決めたよ。このままじゃ皆殺しだ」

茫然《ぼうぜん》とするシュヴァルツァーに、ようやく事態を呑み込んだカヴォスが声をかける。しかしシュヴァルツァーは「もう遅い」と首を横に振った。

「逃げるってどこにだ、カヴォス？　この町には騎士どころか魔導士すらいない。空を飛び回る奴らの目をどう掻《か》い潜《くぐ》る？　この世のどこにも、騎士の剣から身を守れる場所なんてないっ‼」

「いいえ、ございます」

シュヴァルツァーの悲痛な叫び。

それを、マリナは冷静に否定した。

「は？」

「チェルノート城です。わたくしはお嬢様から町人たちを城へ避難させるよう命じられて此処《ここ》に来ました。あそこには要塞用の魔導干渉域《フース》がございます。ひとまず、そこまで逃げればなんとかなりましょう」

「なんとか？　なんとかだって？　――わはははははっ！」

マリナの言葉を、シュヴァルツァーは生涯で一番面白い冗談を聞いたかのように嗤《わら》った。

「あの公女様の城にか？　アレに何ができる⁉　ただの小娘に！　民から税金を取ることすら恐れるような臆病なガキに！　一体何ができるってんだ、えぇ？」

本音を漏らし始めたシュヴァルツァーに、マリナは「ふふ」と笑みを溢《こぼ》してみせる。

「シュヴァルツァー様の情報網でも摑《つか》めないことがあるのですね」

「――なに、」

「だってご存知ないのでしょう？〔騎士甲冑《サーク》〕を着込んだ魔獣を誰が殺したのか」

「……待て、〔騎士甲冑《サーク》〕を着た魔獣ってもしや帝国のか？　それを、殺した？」

「そうです。――エリザベート・ドラクリア・バラスタイン様が殺したのです」

マリナの言葉に、シュヴァルツァーは「そんな馬鹿な」という表情を浮かべる。

その気持ちも理解できなくはない。この世界には銃は存在せず、有力な攻撃手段は剣や弓、もしくは魔導式とかいう魔法しかないそうだ。

そんな世界で重機関銃の徹甲弾を弾くような鎧《よろい》を着込み、頼みの魔導式すら通じない相手はとんでもない脅威だろう。ただの娘が返り討ちになどできるはずがない。シュヴァルツァーの感想は至極まっとう。実際、魔獣を殺したのはマリナなのだから。

だが、ここはエリザの手柄にしなくてはならない。

先々のために、マリナではなくエリザこそが倒したと認識させなければ。

「嘘《うそ》だと思うなら城へいらしてください。魔獣の死体がまだ残っておりますから」

「そんな……だって、公女は〔騎士甲冑《サーク》〕も魔導武具も、何も持っていないはず」

「その通りでございます」

「じゃあ、どうやって、」

「殺した方法を聞いて、信じられるのですか？」

マリナは外を窺うのをやめ、シュヴァルツァーを正面から見据える。

「――よくお考えください。いくら政争に負けたからと言って、ただの小娘が領主代行に任ぜられるとお思いですか？〔騎士甲冑《サーク》〕も武具もナシにこんな国境近くの町の？」

「だ、だが……」

「でしたら一つ確認をしましょう。――カヴォス様、この町に自警団は？」

唐突に話を振られたカヴォスは「いや、ない」と首を横に振る。

「それで今まで、町は何ともなかったのですか？」

「何とも、とは……？」

「いえ。別の町からわたくしがここまで来る間に、何度か魔獣を見かけたもので。さぞ、苦労なさったのではないかと」

「――まさか、」

マリナのハッタリに、町長は乗ってくれた。

もちろんマリナが魔獣を見たのは昨日が初めてだ。町長の反応からしても、恐らくこの周辺には野生の魔獣などいないのだろう。

しかし恐慌《きょうこう》状態にある二人は、勝手に想像の羽を広げていく。

あとは、マリナがその想像を肯定するだけでいい。

「そうです。――エリザベートお嬢様が討伐なさっていたのです」

「そんなバカな話が――」

口を開きかけるシュヴァルツァーを遮って、マリナは畳み掛ける。

考えさせてはいけない。

「お嬢様に〈騎士甲冑《サーク》〉が与えられなかったのは、そもそも必要としていなかったから。そんなものがなくとも、領主をこなせるだけの能力があったからです」

外では再び爆音と炎の柱が上がり、商会の二階を照らし出す。逃げ惑う人々の足音と悲鳴が木霊《こだま》していた。あまり時間は残されていない。

だが、この危機的状況はマリナの味方だ。

命の危険がすぐそこまで迫っている人間は論理的思考力を失うもの。シュヴァルツァーとカヴォスを抱き込むなら、今、ここしかない。

それにエリザの望み通りに町人を組織的に避難させられるのも、この二人だけなのだ。

「ご決断を、シュヴァルツァー様、カヴォス様。一か八か、隣町へ馬車を走らせるのか。それともお嬢様の庇護《ひご》下に入るのか。――二つに一つです」

マリナの言葉に、二人は顔を見合わせる。

そして口を開いたのはシュヴァルツァーだった。

「……もし俺が死んだら、動く死体《アンデッド》になってあんたを喰《く》い殺してやるからな」

「ご随意に」

マリナはシュヴァルツァーに微笑《ほほえ》んでみせる。

賭けに、勝った。

「では、お二人とも避難の準備を。わたくしが外へ出て少ししましたら、シュヴァルツァー様とカヴォス様はできるだけ多くの町人を城へ連れて行ってください」

「外へ？　あんた、一体何をするつもりで……」

「はい。無礼な訪問客には、それ相応の対応というものがございますから」

マリナの言葉の意味を理解したシュヴァルツァーは「あんた、魔導士か何かなのか？」

と問いかける。

「違います」

「じゃあ元騎士なのか？　魔導武具をどこかに隠して――」

「そうではありません」

「なら、どうやって騎士や魔導士とやり合うつもりだ？　あんたは一体なんなんだ⁉」

「わたくし、ですか？」

マリナは立ち上がると、取り出す『武器』をイメージする。

そしてバサリとスカートをめくり上げた途端、マリナの手の中に1メートル近い長さを持った黒い鉄の棒が現れた。

その鉄棒の名は『バレットM82Ａ1対物ライフル』――12・7㎜の徹甲弾で鋼鉄の敵を屠《ほふ》るために産み出された異世界《メイド・イン・ファンタジア》の対物兵器である。

マリナは慣れた手つきで弾倉を確認。ボルトハンドルを引いて初弾を装塡《そうてん》。魂魄人形《ゴーレム》の人間離れした腕力をもって肩に担ぐ。

こちらを情けなく見上げる男たちへ向けて、誇らしげに告げた。

「わたくしはバラスタイン家の――武装戦闘メイドでございます」

◆
◆
◆
◆

時間を少しだけ戻す。

シグソアーラ駐屯城塞を出発した『炎槌騎士団』がバラスタイン辺境伯領チェルノート上空へと到着したのは11刻を少し回った頃だった。

高度、約500米《メートル》。

リチャード・ラウンディア・エッドフォードは吹きすさぶ風に顔を顰《しか》める。もう夏だというのにガルバディア山脈上空の風は刺すように冷たい。〔騎士甲冑《サーク》〕は体温調節機能を備えているため凍えるということはないが、兜の面《クヴェクル》を開いているため、顔面だけはその恩恵に与《あずか》れないのだ。

「随伴魔導士、各班配置につきました」

「ふむ」

アンドレの報告を、リチャードは鷹揚《おうよう》に受け取る。

天馬《ペガサス》に跨《またが》るリチャードは、眼下に広がる町並みと、その周囲に展開する随伴魔導士の姿を確認した。作戦指示通りである。

「燃やせ」

「はっ。──導士長、やれ」

アンドレの命令を受けて、一人、騎士団本隊に残っていた筆頭魔導士が仲間へ念話を飛ばす。命令を受け取った魔導士たちは、魔杖《まじょう》を介して自身の魔導神経を励起。周囲の大魔《マナ》を一点に収束させて魔導式という方向性を与える。

魔杖の先端に形成されるのは、拡散系燃焼式を命じられた大魔《マナ》の塊。火球となったそれらが次々と放たれ、町を囲むように落ちていった。

着弾した拡散系燃焼式は、まず小さな爆裂式を作動させ、式を纏《まと》った魔力を周囲にばら撒《ま》く。その爆裂式だけでも充分な威力だが、ばら撒かれたのは燃焼式を組み込まれた魔力である。拡散した燃焼式は石造りの建物にベッタリと貼りついた途端、各々《おのおの》が石すらも焼くほどの高温の炎を放った。

もし、この光景をマリナが目撃したのなら、こう表現しただろう。

──ナパーム弾のようだ、と。

町を囲むように放たれた拡散系燃焼式は、あっという間に炎の壁を作り上げる。魔力で練られた炎は水などでは消すことは叶《かな》わない。根幹となっている魔導式を破壊しなくてはならない以上、形成された魔導式を逆算し対抗術式《カウンターマジック》を編んで打ち消すか、魔導干渉域《フース》で魔導式を魔力に還元しなくてはならない。そのどちらも、チェルノートの住民には不可能だ。

「我々は町から逃げ出してきた住民を狩る。見逃すなよ」

「……しかしうちの魔導士たちは優秀ですからね。うっかりすると、一人残らず焼き尽くしてしまうかもしれません」

リチャードの言葉に、アンドレが懸念《けねん》を漏らす。

火のまわりは、石造りの建物や水路に阻《はば》まれてそこまで速くはない。

だが、町の外周を囲むように放たれた燃焼式は、確実に町の住人を追い詰めている。

「確かに、それは困るな。我々はバーベキューを眺めに来たわけではない」

「まったくです。……おい、導士長。聞いていたな？　上手《うま》くやれ」

「は！　了解しま――」

導士長の言葉を遮ったのは、爆裂式のような音だった。

――だが、似ているだけで微妙に違う。

それを察した〔炎槌騎士団〕の面々は、先ほどまでの笑みを消して眼下の町を見やる。

これでもエッドフォード家の最精鋭の一つ。王国でも十指に入る騎士団である。戦場の異変に気づけないほど、緩んではいない。

騎士団の視線の先にあったのは、墜落していく魔導士の姿。

それを見たリチャードは『一度に二人も墜《お》とされたのか？』と訝《いぶか》しむ。二つの物体が、絡《から》み合うように墜ちていったからだ。しかし魔導士は散開させて配置したはず。もし、町に爆裂式を打てるような魔導士がいたとしても、二人同時に墜とされることはない。

リチャードは不穏な気配を感じ、〈騎士甲冑《サーク》〉の面《クヴェクル》を下ろす。甲冑《かっちゅう》の『身体強化式』により強化された視力をもって、墜落した魔導士の死体を見た。

「……なんだアレは」

「〈断空式〉でしょうか？　かなり高度な魔導式を受けたとしか」

リチャードの疑問に、同様に魔導士の死体を見たアンドレが答える。

町の外に墜落した魔導士。

その身体《からだ》は騎士の剣にでも切り裂かれたかのように、半ばから真っ二つに千切れていた。

「だが、魔導士は防壁を展開していたはずだろう？　そんな複雑な式を打てば、魔導士の魔力壁を破る前に式が破綻するんじゃないか？」

魔導式は、式が複雑になればなるほど成立させるのが難しくなる。戦場で燃焼式や爆裂式が好まれるのも『式が簡単で妨害を受けにくいから』というのが大きい。〈断空式〉などは、ちょっとしたことで式が崩壊してしまう。もし戦場でそんな式を打てるとしたら、卓越した魔導神経を宿す長命人種《エルフ》くらいだろう。汎人《ヒューマニー》では無理だ。

つまり――あそこには何かがいる。

「遠見を開け、導士長。誰がやったか知りたい」

リチャードの考えを察して、アンドレが導士長に命令する。

言われた導士長は「開きます」と断り、遠見の窓をリチャードとアンドレの眼前に開く。

同時に展開された〈動体探査式〉が建物の屋根を跳ね回る人影を捉え、その人物の斜め頭上5米《メートル》の位置に、遠見《カメラ》の視点を置いた。

そうして映し出されたのは、黒いワンピースに純白のエプロンを纏った赤髪の女。

白い手袋とカチューシャを身につけ、手には戦棍《メイス》のような鉄塊を携えている。その女が、身体強化式を施した騎士のように軽々と、家々の屋根を飛び回っているのだ。

その姿をひと言で表すならば、

「……メイド、か？」

――戦場を駆け回っているのは、黒いメイド服だった。

◆　◆　◆　◆

……気のせいか？　仲村マリナは頭上後方を振り返り、首を傾《かし》げた。

無人偵察機《UAV》に見られている時のようなムズ痒《がゆ》さを首筋に感じたのだ。

だが、振り返った空には何もない。

とはいえココは異世界《ファンタジア》。見えない〝何か〟に見られることもあるだろう。

マリナは自身の直感を信じて屋根から飛び降り、そのまま建物の陰に身を隠す。石が焼かれる音を遠くに聞きながら、担いでいたM82A1対物ライフルを地面にそっと下ろした。

耳を澄ます。爆撃は一旦落ち着いたようだ。

こちらの狙撃が功を奏したのだろう。狙撃手の存在をアピールできたのは重畳だ。

マリナは「ふぅ」と、深く緊張を身体の外へと吐き出す。

途端、

『マリナさん⁉　聞こえますか？』

エリザからの念話だった。

「おう、エリザか。――状況はどの程度把握してる？」

『いえ、あの、あまり……。町から火が上がってるのが見えたので、慌ててわたし――あのマリナさん、もしかして』

「ああ、騎士団が攻めてきた」

マリナの答えに息を呑《の》む気配が念話から返ってくる。

だが、そこから読み取れる感情は動揺よりも前向きなもの。マリナの言葉を聞いた瞬間に腹を決めたのだろう。そうでなくっちゃな。

マリナはそのまま町の周囲を魔導士が焼いていること。避難誘導をシュヴァルツァーとカヴォスに任せたことを伝える。ついでにマリナが「魔獣をエリザが倒したと言ったら避難を決めた」と伝えると「なんでそんなウソを」と抗議してきたがマリナは無視。

「それより敵の戦力について把握したい。シュヴァルツァーは襲ってきてる連中を〈炎槌騎士団〉とか言ってたが――」

『え、〈炎槌騎士団〉⁉　エッドフォード家のですかっ⁉』

「そんなこと言ってたな。強いのか？」

『……はい。特に騎士団長のリチャードは〈断罪の劫火《ごうか》〉の二つ名を得ている、王国きっての騎士です。副長のアンドレも二つ名持ちですし、他の二人も〈大騎士〉の称号を得た実力者だと聞いたことがあります』

エリザの声は深刻そうだったが、マリナとしては「ふぅん」以上の感想はない。『二つ名持ち』だの『大騎士の称号』だのと言われても、マリナにはちんぷんかんぷんだ。

まあつまり、エースパイロットで構成された戦闘機の中隊と考えておこう。

そう雑に理解して、マリナは話を進める。

「ところで魔導士って奴等《やつら》だが……。あいつ等は〔騎士甲冑《サーク》〕とやらを着てないのか？」

『？　え、ええ。魔導士の個魔力《オド》量じゃ〔騎士甲冑《サーク》〕なんか着たら死んじゃいますし』

「なんだそりゃ」

エリザの説明によれば〔騎士甲冑《サーク》〕は大量の個魔力《オド》を消費する魔導武具であると言う。要求される個魔力《オド》の量は、常人や魔導士では一瞬で死に至るほど膨大。その常軌を逸した要求魔力量に応えられる唯一の存在が〝貴族〟。個魔力《オド》の量は血統によって決まるところが大きく、貴族は代々、平民の数十から数百倍の個魔力《オド》生成量を持っているという。

つまり〔騎士甲冑《サーク》〕を扱える唯一の存在であるが故に、特権階級たり得るのだろう。

まあ、それはともかく。

「そりゃ、真っ二つになっちまうわな」

『……？』

可哀想《かわいそう》なことをしちまったな、とマリナは独りごちる。こちらとしては異世界《ファンタジア》の不思議道具に弾《はじ》かれることを前提に、陽動のつもりで撃ったのだ。超長距離狙撃でもなきゃ、対物銃など人に向けて撃つもんじゃない。

そういうことならコレは必要ないか。

そう判断し、マリナはバレットM82Ａ1を地面に転がす。

なにしろ当たれば必ず殺してしまう銃など、使いにくくて仕方がない。

「それでエリザ。やつら火の玉をバンバン町へ撃ちこんでるが、アレは何だ？　魔導式ってやつか？」

『はい。魔導士は魔導神経を有してますから――』

マリナの問いに、エリザは少し考えてから魔導士の特色を説明する。

その説明を総括すれば、魔導士とは様々な魔導式が扱える代わりに、騎士のような防御力を持っていない存在らしい。身を守る魔導式もあるそうだが、弓矢を逸《そ》らせる程度で〈騎士甲冑《サーク》〉には遠く及ばないとのこと。

まあ、旧式の戦闘ヘリくらいの脅威度か。そうマリナは判断する。

――つまり、恐ろしい敵だ。

上空から狙い撃ちされ、小銃弾程度ではビクともしない。建物に隠れていても赤外線カメラで発見されて、壁越しに機関砲やミサイルを撃ちこまれる。マリナのいた部隊にはロケットランチャーで落とそうした馬鹿が多くいたが、大抵のヤツが撃つ前に20㎜の餌食《えじき》になっていた。歩兵が相手をすべき敵ではないのだ。

だが、それらの苛烈な攻撃は、戦闘ヘリも歩兵を『危険な敵』と認識しているからこそ。

そこが『戦闘ヘリ』と『魔導士』との大きな差だろう。

魔導士はマリナが何をできるかを知らない。

少数で多数を相手にする戦術を知らない。

そして、マリナは『町に潜んで敵部隊を足止めする』ことを主任務にしてきたゲリラ兵だ。

いくらでも殺《や》りようはある——

と、

『マリナさん、一つお願いがあります』

魔導士についての説明を終えたエリザがそう切り出した。

「なんだ？」

『魔導士は……できるだけ殺さないでくれますか？』

「はぁっ⁉」

思わず大声を出してしまったマリナは、慌てて周囲を警戒する。幸い、誰かが近づいてくる気配はない。むしろ魔導士たちが町への爆撃を再開したような音が聞こえ始めていた。

住民を避難させるためには、そろそろ魔導士を攻撃しなくては。

だが、そこで『魔導士を殺すな』とはどういうことか。

「エリザ、あまり無茶を言わないでくれ。オレは一人なんだぜ?」

『無茶なのは分かっています。けれど、魔導士たちのほとんどは元平民なんです。魔導士の能力が認められて士族——準貴族として扱われてますけど、中には無理やり登用させられた人も多くて……』

「望まぬ戦いを強いられてるから、殺すな——そう言いたいのか?」

念話からは、肯定の意思だけが返ってきた。

なんとも呆《あき》れた話だ。

マリナは罵倒を返そうとした自分をやっとの思いで抑え込む。

武器も持たず戦う意思もない現地住民を逃がせというのは分かる。生前、散々こなしてきた任務だ。しかし、武器を持ってこれから虐殺を行おうとしている兵士を殺すなと言われたのはこれが初めてだった。

マリナの呆れた感情が伝わったのだろう。エリザは慌てたように、

『だから、できるだけで構いません。降参したら殺さないくらいでいいんです。マリナさんにも、町の人にも死んで欲しくないですし……』

「だが、魔導士にも死んで欲しくないわけか?」

『…………』

肯定の意思。

エリザの『貴族は民を導き守るから貴い』という信念は固いらしい。

マリナとしてはアホらしいことこの上ない。

だが思い出してみれば──その頑固さにオレは惚《ほ》れたのだ。

「……分かった、善処する。オレはアンタのメイドだからな。多少の無理難題は、不味《まず》い紅茶を出した罪滅ぼしと思うさ」

『マリナさん──』

「あんまり期待するなよ。無理ならオレは殺《や》る。そっちも避難民の収容、頼んだぜ」

言って、マリナは『これで終わり』という意思を込めて念話を切る。

途端、マリナは大きなため息を吐《つ》いた。

面倒な約束をしてしまったと思う。

だが、せっかく憧れていた武装戦闘メイドになれたのだ。そこそこ理想的な主人《あるじ》にも巡り会えた。なら多少の馬鹿だって、やってもいいかもしれない。

マリナは記憶を探る。使う武器を選ばなくてはならない。

市街戦。

単独。

現地住民の避難支援任務。

武器弾薬に制限なし。

強化外骨格相当の筋力補助アリ。

敵戦力である魔導士は『数機の軍用ヘリから降下する歩兵部隊』と仮定する。

となると狙撃もできてある程度の速射性を持つ、ある意味中途半端なライフルが欲しい。

――なら、これを使ってみるか。

マリナがスカートを翻《ひるがえ》し取り出したのは、全長約１・２メートル、中身をくり抜かれた特徴的な銃床を持つ、セミオートマチックライフル。

その名をＳＶＤ――いわゆる、ドラグノフ式狙撃銃だった。

正直、狙撃銃として考えれば他にもっと良い銃が幾らでもあるし、連射性能を求めるなら、突撃銃《アサルトライフル》を選ぶべきだろう。

それでもマリナは、かつて鹵獲《ろかく》して使っていたこの銃のことが好きだった。

民兵というブラック企業が下してくる『市街地における単独での遅滞戦闘』なる馬鹿げた命令をこなす場合に限り――ドラグノフ式狙撃銃は悪くない。

そもそも単独任務の場合は位置の露呈が致命的な事態を招く。いつまでも一箇所に隠れているとミサイルで建物ごと焼き払われる。否応無《いやおうな》しに、敵から隠れて動き回り隙を見て一撃離脱《ヒットアンドアウェイ》を繰り返すという戦法を強いられるのだ。

故に発砲は最小限でなければならず、突撃銃《アサルトライフル》のように弾をバラ撒《ま》くような銃は邪魔。

だからといってボルトアクションの狙撃銃では不意の遭遇戦に対応しづらい。時には泥や砂の中に潜むこともあるし、あちこち動き回る以上、武器は一つに絞りたい。

となると『頑強で狙撃も可能なセミオートマチックライフル』が欲しくなる。

それを満たすのが、ドラグノフ式狙撃銃なのだ。

かつては『非国民』『売国奴』と罵る馬鹿がいて、SVDを使いたいのに使えないという場面が何度もあった。だが、ここにそんな空気の読めない奴はいない。

——で、あれば、

「使わねえ手はねえよなぁ」

なによりマリナは、この銃の引き金《トリガー》の感触が好きだった。

無茶をするからには、せめて気分よく仕事をしたい。

ドラグノフの頬《ほお》当てに軽く頬ずりをしてから、自身の額を人差し指でトントンと叩《たた》く。

殺してはいけない。

ならば、殺す以外のすべてをやるしかないだろう。

「さて、ちっとヤリ方を考えないとな」

◆　◆　◆　◆

「少し、方針を変えるぞ。アンドレ」

同時刻。チェルノート上空で、リチャード・ラウンディア・エッドフォードは家臣にして幼馴染《おさななじ》みのアンドレ・エスタンマークへ片眉を上げてみせた。

「リチャード様。では例の話を信じるので？」

「ああ。魔獣使い《ビーストテイマー》の話に乗ってやろうじゃないか」

公女暗殺に失敗した魔獣使い《ビーストテイマー》は、命乞いに面白い話を聞かせてくれた。

異世界《ファンタジア》の武具を操る魂魄人形《ゴーレム》、か。

リチャードは眼下の町へ手を翳《かざ》し、包み込むように手を握る。

「あの魂魄人形《ゴーレム》——少し、欲しくなった」

◆　◆　◆　◆

『皆、リチャード様より御下命だ』

その念話を、ダリウスはチェルノートの民家の二階で聞いた。

炎槌騎士団筆頭魔導士――ゼーニッツ・グラマンから複合念話経路《ネットワーク》を通じて命令が伝えられる。

『赤髪の魂魄人形《ゴーレム》メイドを捕縛せよとのことだ。事前の打ち合わせ通り、ダリウスのいる場所へ追い込め。ダリウス、準備は？』

「できてるよ」

ダリウスは組んだ魔導式に個魔力《オド》を通しつつ答える。

かの魂魄人形《ゴーレム》を捕らえるのは簡単ではない。魔導士でも一対一では後れを取る可能性がある。故にダリウスは、メイドを捕らえるため専用の魔導式を組んでいた。

「繰り返しになるが〝奴〟は異世界《ファンタジア》の武具を召喚する。注意してくれ」

『例の〝鏃《やじり》の雨を吐く武具〟と〝爆裂式を内包した鏑矢《かぶらや》〟か……本当かダリウス？』

副長のウォンの念話に、ダリウスは「そうだ」と苦々しく念話を飛ばす。

「ついさっき、レミントンを落としたのも、メイドの鏃だろう」

途端、魔導士たちの間で念話が飛び交う。『〈断空式〉並みの威力の鏃だって？』『しかもそれを雨のようにだとさ』『どんな異世界《ファンタジア》がそんな武具を作るんだ』『きっと山も大地も鉄でできてる世界なのさ』『なら河と海には灼《や》けた鉄が流れてるに違いねえ』『なるほど、だから髪も真っ赤なんだな』『皆、軽口はそこまでだ』

グラマンの一言で全員が無駄話を止《や》める。

導士長たる彼の言葉は、リチャードや貴族たちのソレの次に重い。

『ダリウスが操る〔ティーゲル〕が負けるほどの相手だ。メイドの武具の威力は見ての通り。――その何だ？　灼けた鉄の異世界そのものを相手にすると思え』

念話からパラパラと了承の意思が返される。

だがやはり、そこには味方の仇討《かたきう》ちへの切望が滲《にじ》んでいた。

しかしリチャードからの命令は『捕縛』。

それは、ダリウスが命乞いに魂魄人形《ゴーレム》の有用性を説いた結果だ。

無論、ダリウスがその話をした時にはレミントンは生きていたし、皆、ダリウスの生還を喜んではいた。住民を焼き殺すよりは、魂魄人形《ゴーレム》を捕らえる方がマシだとも言っていた。

だが――

「すまん。皆――力を貸して欲しい」

言うべきだと思った。

ダリウスが公女の暗殺に成功していれば、町を焼く必要もなかったのだから。

途端、「ハッ」と鼻で笑うような念話が届く。

『天才ダリウス様が謝るなんて初めて聞いたぜ』

『まったくだ。これは本当に矢の雨でも降るかもし――』

ふと――グラマンからの念話が不自然に途切れた。

遅れて聞こえてくる、〔爆裂式〕を思わせる破裂音。

嫌な予感がした。

「どうした？　……どうしたグラマン？　グラマン応答しろ‼」

『ダリウス！』

代わりに答えたのはウォンだった。

『グラマンが墜《お》とされた！　指揮は俺が代行する』

「な――」ダリウスは絶句する。こと魔導士戦においてはグラマンはダリウスよりも手練《てだ》れだというのに。「生きてるのか⁉」

『微《かす》かだが魔導反応はある。ガッツェルが今』

爆発音。ダリウスが潜む家の窓から、西の空に燃焼式とは異なる細い煙が見えた。

『チクショウ！　ガッツェルもやられた！』

『こちらガリル。見つけました、奴は商会の建物の中です』

『よくやったガリル！　位置を捕捉し続けろ。ダニーの班は直援。他の班も――』

『……ん？　なんだ』

『どうしたガリル』

『変です、動体反応が消──』

再び爆発音。

念話が途切れ、遅れて副長の苦々しい念話が響く。

『……ガリルがやられた。総員、メイドを見つけても決して逸《はや》るな。予定地点へ追い込むことだけを考えろ』

「一体なにが」

『メイドの位置を確認しようと、ガリルが向かいの建物に入った瞬間、爆発した』

「な──」

そんなこと、動体探査を組み込んだ爆裂式でも編まなきゃできるわけがない。

そして何より、こちらがどの建物へ入るのか読んでいたということではないか。

ダリウスが感じたものと同じ困惑と焦燥が、念話を通じて魔導士たちを浸食していく。

『メイドは魔導式を使えないんじゃなかったのか⁉』『助けに行くのは後回しだ！　罠《わな》を張ってやがる』『メイドはどこだ⁉』『魔導探査だ！　魔導武具なら反応が──』

戸惑う魔道士たち。彼らを掌握すべく副長の念話が飛ぶ。

『皆、狼狽《うろた》えるな！　ジームと俺で上空から動体探査を行う。総員、一旦離』

パンッ——、と。

乾いた音と共に副長の念話が唐突に途切れた。

確かめるまでもない。

『クソッ！　副長が墜ちた！』

その念話と共に地獄が始まった。

『アレが矢だってのか⁉　こんな威力の矢が』——乾いた音が連続する——『くそがあ‼』——〔爆裂式〕の反応。応答ナシ——『シン、奴は建物の陰から狙ってる。一旦、民家に隠』——爆発音——『どこだ、どっから狙って』——乾いた破裂音——『誰か〔治癒式〕を！　腕が、腕がないんだ。早』——音もなく念話が切れる——

「みんな落ち着いてくれ！　これじゃメイドの思うつぼだ！」

ダリウスが飛ばす念話も、混乱する魔導士たちには届かない。

一人、また一人と念話が途切れていく。

そして、

『ダリウス！　奴がそっち——』

——その念話を最後に、あらゆる音が途絶えた。

周囲から聞こえるのは、パチパチと火が石と木を燃やす音だけ。火の手が近づきつつあるのだろう。しかし、そんなことはどうでも良かった。

「おい、誰か。誰か応答しろよ……おい！」

複合念話経路《ネットワーク》には何の反応もない。

「まさか、全員――」

そんな馬鹿な。

王国最強と呼ばれてる炎槌騎士団随伴魔導士隊が全滅するわけが。それよりもジームは最後何を言っていた？『奴がそっち』って一体――〔動体探査式〕が警告を発した。

網膜に投影された探査窓《ウィンドウ》。そこに表示される魔導陣に近づく光点。

――メイド⁉

それしか考えられない。この辺りの住民は既に家から逃げ出している。こんなところにノコノコとやってくるのはあのメイドしかあり得ない。

民家の二階に潜むダリウスは、〔遠見式〕の窓を開きたい衝動をグッと堪《こら》える。あんなデカデカと映写窓を作る魔導式は使えば一発でバレる。皆の犠牲を無駄にするわけには。

じっと、動体反応が魔導陣の中へ入ってくるのを待つ。

あと三歩、二歩、一歩――

「これで終《しま》いだ、クソメイド‼」

ダリウスは仕掛けていた魔導陣へ、自身の魔導神経を通じて個魔力《オド》を流し込む。

途端、地に刻まれた魔導陣が魔導干渉光と共に〝膜〟を生成。魔導陣に踏み込んだソレを捕らえた。

ダリウスが用意した魔導式は〔力量変換陣〕。

ドーム状に形成された〝膜〟は、あらゆる衝撃を吸収し光へ変換する。故に中から物理的手段によって脱出することは不可能。しかし、式が複雑故に魔力によって簡単に崩れやすく、騎士や魔導士相手には意味を成さない。

だが、ただの物理現象しか引き起こせないメイドを捕らえるにはうってつけの魔導式。

果たして――魔導式は起動し、魔導陣の上にいた人物を閉じ込めた。

「はッ……やった。やったぞ！」

捕らえられた愚か者を見てやろうと、ダリウスは潜んでいた民家の窓から顔を、

「――お連れ様は19名でよろしいでしょうか？」

首筋に冷たい感触が走った。

自身の首筋に視線を落とす。そこに銀色に輝く刃物が突きつけられていた。その先端は、滑る赤い液体に濡《ぬ》れている。振り返って確かめるまでもない。

俺の後ろにいるのは、

「灼鉄《しゃくてつ》の、メイド――」

「灼鉄――？　ああ、お連れ様も灼けた鉄がどうのと仰《おっしゃ》られておりましたが、わたくしのことでしたか。灼鉄のメイド――悪くありませんね。ええ、悪くありません」

メイドが近づいてくる。

首筋の刃物が下ろされ、代わりに鉤爪《かぎづめ》のようなナイフがダリウスの首元へと絡みついた。

ダリウスの頰に顔を寄せつつ、メイドは窓の外へ視線を飛ばす。

そこには〔力量変換陣〕に囚《とら》われたグラマンの姿があった。

「なるほど。殺意がないので不思議に思っておりましたが、捕縛が目的でしたか」

耳元に、魔力の熱を帯びた魂魄人形《ゴーレム》の吐息が吹きかけられる。

「ですが残念です。そんな優柔不断な誘い方では、わたくしは落とせません」

「他の、奴らは……」

「皆さまお休みになられてますよ。死ぬほど疲れていらっしゃるご様子でしたから、起こさないであげてください」

つまり、炎槌騎士団随伴魔導士19名、その全てがこのメイドに狩られたらしい。

すぐに俺もその数に加えられるのだろう。

「殺《や》れよ、メイド」

どうせ生き残っても、任務失敗の咎《とが》で騎士たちに処刑される。

そうでなくても、いざとなればリチャードの【断罪式】が降ってくるだろう。

だが、それで戦友を殺したコイツを道連れにできるなら悪くない。

「良い覚悟ですね」

背後でメイドが微笑《ほほえ》む気配。

来《きた》る痛みを覚悟し、ダリウスは歯を食いしばる。

しかし、灼鉄のメイドはいつまで経《た》っても刃を振り下ろさなかった。

「ですが、その前にいくつかお尋ねしたいことがございます」

◆◆◆◆

「さて、と」

最後の魔導士が潜んでいた民家を出て、マリナは空を見上げる。

数百メートル上空に浮かぶ、四つの影。

翼やツノを持った馬に跨《また》がる騎士が、そこにいる。

太陽光を浴びて煌《きら》めく甲冑を建物の陰から睨《にら》みながら、マリナは軽く咳払《せきばら》いをする。

「——えー、あー、エリザ？　聞こえるか？」

念話というものをイマイチよく理解していないマリナは、エリザをイメージしながら実際に声を出して呼びかける。すると、案外すんなり声が返ってきた。

『マリナさん？　よく無事で……』

「おう、それなりに大変だったけどな」マリナは苦笑する。正直に言えば大変どころではなかった。「それで避難は進んでるのか？」

『はい。町からはほとんど出てこれたはずです。でも、みんなまだ城までの道を登ってる最中で——』

「つーことは、もう少し時間を稼がねえといけねえわけか」

『……マリナさん？』

マリナはスカートの下から、以前も使った武器を取り出す。

パンツァーファウスト3。騎士の鎧《よろい》を貫徹できると判明している数少ない武器だ。

「エリザ、オレはもう少し騎士様の注意を引いてから帰るわ。飯はとっといてくれ」

『いえ、もう充分です。マリナさんも早く城へ――』

「何言ってんだ。騎士どもが動かないのは、オレが町に残ってるからだぜ？　オレが逃げたのがバレたら、大名行列作ってる町の人間も狙われるぞ」

『それはどういう……』

「どうやら騎士のリーダーがオレに惚れてるらしい。まったくありがてえ話じゃねえか。――ほんと、虫唾《むしず》が走る」

それは『ダリウス』と呼ばれていた男から得た情報だった。

まったく、呆《あき》れた話である。馬鹿な上司を持つことほど、不幸なことはない。

――もっとも、それを言えばマリナ自身も『できるだけ殺すな』なんて命令をする少女が上司なのだが。

マリナはそう自嘲しつつ、パンツァーファウスト3を担いで駆け出す。

騎士の視界を避けながら、家々を跳び回って騎士の背後へと移動。

騎士たちの高度は、目算で地上から300～400メートルというところ。パンツァーファウスト3で届くかどうか、ギリギリのラインだ。

『マリナさん』

と、エリザがこちらを案ずるような念話を飛ばしてくる。

『お願いします。……あと少しだけ、騎士を引きつけてください』

「もちろん、そのつもり――」

『いいえ、そうじゃなくて……』

「あ？」

『マリナさんは、わたしのメイドです。だから、これはわたしが命令したことです。だから、その――』

言い淀《よど》みながらも、エリザはそれを言った。

『帰ってきたら、わたしを叱ってください。――なんて無茶な命令をしたんだって。絶対に〝オレが勝手にやったことだ〟なんて、言わないでください』

「……ああ、分かった」

よく分からないが、エリザなりの励まし方なのだろう。

悪くない主人《あるじ》を持ったと思う。

まあ、部下からの叱責を求めるような上司が良いとも思わないが。

マリナは「それじゃあ、またな」と念話を切り、物音を立てないようにある家の屋根へと登る。その煙突の陰に身を隠して、マリナは弾頭のプローブを伸ばした。これで運良く当たれば、成形炸薬《HEAT》が作るメタルジェットで〔騎士甲冑《サーク》〕を貫ける。

煙突の陰から、騎士たちの場所を確認する。

マリナがいるのは、騎士のやや斜め後方。騎士たちからすれば、自身の肩が邪魔で見下ろせない位置。完全な死角。

マリナはパンツァーファウスト3を肩に担ぐと、半身を煙突に隠しながらスコープを覗《のぞ》き込んだ。その中に天馬《ペガサス》に跨《また》がった騎士を捉える。

彼らが纏《まと》うマントが風に揺れているお陰で上空の気流がよく分かった。これなら本当に直撃させられるかもしれない。マリナは風が弱まるのを待つ。

永遠のような一瞬――実際には3秒も経《た》っていなかっただろう。

風が――止《や》んだ。

引き金《トリガー》を引く。

発射される弾頭。安定翼が展開し、ロケットモーターに点火。一気に秒速250ｍまで加速し、マリナの悪意は騎士へと殴りかかった。

――当たる。

マリナ自身でも驚くほどの精度で、弾頭は騎士へと一直線に飛んだ。しかも斜め後ろからの攻撃。騎士は自分が何をされたのかも分からない内に、身体《からだ》を吹き飛ばされて――

「――は？」

思わず、マリナは情けない声を漏らした。

スコープの先で起こった出来事が信じられなかったのだ。

弾頭が直撃する寸前、騎士は突如として背後を振り返り弾頭を手で掴み取ったのだ。

しかも掴《つか》んでいるのは弾頭の中ほど。

それはつまり、弾頭の軌道を自身の手で遮ったのではなく、
秒速250mで迫る弾頭を、それ以上の速度で横合いから掴み取ったということ――!!

信管に触れる存在を見つけられなかった弾頭は、ついに時限装置によって爆発。爆煙は上空に渦巻く気流によってすぐに拡散し、中から無傷の騎士が現れた。

騎士は弾頭が消えた左手を不思議そうに見下ろし、握ったり開いたりしている。

そう――手の中で対戦車榴弾《りゅうだん》が爆発したにも拘《かか》わらず、だ。

ケタ違いだ。

マリナは白木の身体では流れるはずのない冷や汗を、背中に感じた。

確かに騎士という存在は〔騎士甲冑《サーク》〕によって身体能力を向上させているとは聞いていた。マリナ自身、主従誓約《テスタメント》を結んでから魂魄人形《ゴーレム》の身体能力が向上したのを経験している。

だから、せいぜいその程度だろうと思っていたのだ。

しかしアレは次元が違う。

「あれが、異世界《ファンタジア》の騎士――――ッ」

その騎士が、手綱を引いて馬の向きを変えた。

兜《かぶと》の隙間《スリット》が、マリナを捉える。

やば、
半ば放心状態にあったマリナはようやく自身の間抜けさに気づく。爆音を立てて位置を露呈しておきながら悠長に敵の姿を眺めていたのだ。マリナは慌てて屋上から飛び降りる。

そして予《あらかじ》め確認していた逃走ルートである裏路地へと駆け込――

「どこへ行くのかな？」

目の前に、白銀の甲冑があった。

薄暗い一本道の路地にマントを羽織った甲冑騎士《シャゼル》が立っている。

パンツァーファウスト３の弾頭を掴み取った騎士だ。

あり得ない。

３００メートル上空から飛び降りたとしても間に合うはずがない。

それなのに奴《やつ》がそこにいるということは――自由落下よりも速く、この裏路地へ先回りしてきたことになる。

マリナは反射的に腰に差していた拳銃《スチェッキン》を抜き、騎士へ向けて発砲。三連射。しかし全弾が甲高い音を立てて弾かれる。薄い鉄板を叩《たた》いたものではない。まるで戦車のぶ厚い装甲に弾かれたような音——。

「気は済んだか？」

マリナが動きを止めたからだろう。騎士は少しおどけたように、肩をすくめてみせた。

どうやらすぐにマリナをどうこうしようという気はないらしい。

となれば、対話も可能かもしれない。

「お名前を、伺ってもよろしいでしょうか？」

スチェッキンを下ろしたマリナの問い。

それを騎士は鼻で笑った。

「あいにく、メイドに名乗るような名前は持っていない」

「……左様でございますか」

まあ反応があるだけマシだろう。マリナはそう結論する。

すると、今度は騎士の方から口を開いた。

「貴様、魂魄人形《ゴーレム》だな？」

「——」

マリナは意趣返しとばかりに沈黙を返したが、騎士は特に気にする様子もなく「まあ、捕まえてから確かめれば良いか」と一人納得してしまう。

そして騎士はマリナへ右手を差し出し、

「さて、メイド。こちらへ来い。俺のものになれ」

そう言い放った。

思わずマリナは眉をひそめる。似たような台詞《せりふ》はゲリラをやっていた時にも言われたことがあるが、そういうのは戦場の空気に酔ってるバカが俳優気取りでやるものだ。こんな、さも当然のように言うイカレと会ったのは初めてだった。

騎士は、言葉を継ぐ。

「それで、主人《あるじ》の罪はチャラにしてやろう」

「罪？」

「俺の可愛い魔導士たちを殺した罪だ」

「殺したのはわたくしですが……」

マリナの言葉に、騎士は面白い冗談を聞いたかのような笑い声を返した。

「家畜の不始末を、家畜自身に問うような愚者ではないよ、俺は」

なるほど。

騎士のその言葉で、マリナの中に浮かんでいた様々な疑問が氷解した。

こいつらは、平民を自分と同じ人間だと思っていない。

貴族であり騎士であるこいつらにとって、それ以外の人間は『言葉を喋《しゃべ》る動物』でしかないのだ。

だから、マリナではなく主人《あるじ》のエリザに魔導士殺しの罪を問うと言った。

だから、自身の部下である魔導士たちを『俺の可愛《かわい》い魔導士たち』と呼んだ。

だから、メイドに名乗るような名前を持っていないと言った。

この異世界《ファンタジア》では、貴族以外の人間は『家畜』以上の意味を持っていないのだ。

それも仕方のないことかもしれない。

これだけの力量差があるのだ。剣も槍《やり》も弓も通じず、数の暴力に訴えることも叶《かな》わない。

頼みの魔導士ですら〔騎士甲冑《サーク》〕を纏った騎士には傷一つ付けられない。

そこには理想も建前も存在しない。

単に『強いやつが、弱いやつを支配する』という構図があるだけ。

――だが、そうなると分からないことがある。

何故《なぜ》エリザという少女は『貴族は民を守り導くから貴い』などという信念を掲げているのか。しかも父からの教えということは、あいつの家は代々それを信じてきたということになる。バラスタイン家の教えは『家畜と人間は対等であり、家畜を繁栄させるために人間は彼らに尽くし、その代わりに乳や食肉を分けて貰《もら》うのだ』と言っているようなもの。

動物保護団体も真っ青な博愛主義。

いやむしろ、この異世界《ファンタジア》では常軌を逸した思想だ。

エリザベートという少女は一体――

と、

「で、大人しくついてくるかね？」

マリナの思考を、騎士の言葉が遮る。

「でなければ、手足を毟《むし》ってから連れていくことになる。魂魄人形《ゴーレム》といえども、魂を引き裂かれれば痛かろう」

「……一つ、伺ってもよろしいでしょうか？」

「許す」

騎士の鷹揚《おうよう》な返答に「では」とマリナは問いかける。

「家畜に罪を問えないということでしたら。エリザベートお嬢様だけを害せば良いのでは？　町の人間まで手にかけることはないでしょう」

「なるほど、流石《さすが》は畜生だ。主人《あるじ》よりも自分の身が可愛いらしい。面倒をみて貰った恩も感じないとは」

騎士の言葉に、マリナは今すぐに殴りかかりたい衝動に駆られた。

しかし、それをグッと抑え込む。

時間だ。時間を稼ぐのだ。媚《こ》びでも何でも売って――

「まあいいだろう、教えてやる。――なに、大したことではない。公女を殺さねばならないことへの気晴らしだよ」

「――左様でございますか」

あ、無理。

オレこいつ嫌いだわ。この男には媚びとか売れねえ。

そうマリナは結論する。

平民を家畜としか思えないというのは、育った環境と価値観のせいだと言えなくもない。

可哀想《かわいそう》な未開の蛮族に、こちらの価値観を押しつけるのも品がない。

だがコイツは『家畜狩りは自分への慰め』と言った。

つまりエリザに対して『お前を殺さなきゃいけない俺たち可哀想』と言ってるわけだ。

そんな理屈、この世界の常識からしても筋が通らねえ。

つまり、コイツはマジもんのクソ野郎だ。

マリナは脳の片隅で考え続けていた『逃走方法』の実行を決めた。

騎士様がパンツァーファウスト3の弾頭を摑み取るには、単に反応が早いだけでは説明がつかない。正確には優れた聴力で接近する存在を察知し、優れた動体視力で目標を追いかけている、ということになる。

つまり、このクソ野郎はびっくりするほど眼と耳が良い。

マリナはメイド服のスカートから取り出す武器をイメージする。

選んだのはXM84手榴弾《しゅりゅうだん》――いわゆる閃光手榴弾《フラッシュバン》と呼ばれるものだ。

マリナはそれをピンを抜いた状態で十数個召喚。スカートの裾を翻し、騎士へ向けてバラ撒《ま》く。そのまま騎士のいる方向とは反対方向に駆け出した。

「はっ、逃げられるとでも――」

そう騎士が駆け出そうと足を踏み出し、

途端、180dB《デシベル》の爆音と、100万cd《カンデラ》以上の閃光《せんこう》が騎士に殺到した。

◆◆◆◆

「……ぐ、うが、」

何なのだ今の爆発は。

〔爆裂式〕とは比べものにならない閃光に眼《め》を焼かれ、リチャードは痛みに耐えるように呻《うめ》いた。即座に〔身体強化式〕によって眼と耳の治癒が開始。地面が揺れる錯覚も、眼球に焼きついた影も、永劫《えいごう》に続くかと思われた耳鳴りも数秒と待たずに消えていく。

だが、その数秒のうちに魂魄人形《ゴーレム》のメイドは姿を消していた。

「逃げたか」

腹立たしいが仕方ない。

リチャードは裏路地を出て、指を鳴らして愛馬を呼んだ。途端、翼をはためかせた天馬《ペガサス》が、リチャードのもとへ舞い降りる。そのまま天馬《ペガサス》に跨《また》がると、リチャードは三人の騎士が待つ上空へと舞い戻った。

途端、アンドレがおどけた態度で声をかけてくる。

「嫌われてしまいましたか？」

「まあ、畜生だからな。仕方あるまい」

「リチャード様は昔から、動物には好かれませんからね」

その言葉に、リチャードは軽くアンドレを睨《にら》みつける。

アンドレも「そう怒らないでください、口が過ぎました」と笑った。

幼馴染《おさななじ》みのアンドレは、時々こうしてリチャードをからかうことがあった。それをリチャードは信頼の証《あかし》だと思っている。心許せる友人は掛け替えのないものだ。軽口くらい大目に見なくては。

「それで、どうします？」

アンドレに問われ「ふむ」と考える。放っておくにはメイドの能力は鬱陶しい。魔獣を撃退したというのだから、ここで逃がせば野垂れ死ぬことも期待できないだろう。

「逃げられても面倒だ。【断罪】を行う」

「そうなりますね――よし二人とも少し下がれ。リチャード様の邪魔にならんようにな」

アンドレが、ニコライとガブストールと共に背後へ下がったのを確認し、リチャードは腰に佩《は》いた一本の剣を抜きはなった。広い刃幅と1・5米《メートル》の長さを持つ両刃の剣。

中心線に沿って九つの宝玉が埋め込まれたその剣の名は――炎剣レイバティーネ。

人魔大戦において、十三騎士の一人が振るっていた劫火《ごうか》の剣である。

「さあ、ティーネよ。断罪の時間だ」

リチャードの言葉に呼応するように、炎剣《レイバティーネ》の宝玉の一つが光り始める。

宝玉にリチャードの膨大な個魔力《オド》が注ぎ込まれ、炎剣《レイバティーネ》に刻み込まれたある魔導式――魔道武具がそれぞれ数個保有する【固有式】が発動したのだ。

発動したのはリチャードが【断罪式】と呼ぶ、広域破壊用の固有式。

リチャードが剣を高く掲げると、その先端に光球が生まれた。

注ぎ込まれる個魔力《オド》に方向性を与え、一点に凝縮したものである。あまりの魔力量に、周囲の大魔《マナ》が反応してバチバチと〔雷火式〕のような干渉光を放ち始めた。

その火花に照らされながら、リチャードは眼下へと視線を向ける。

その先にあるのはチェルノートという小さな町。

「断罪――――執行」

言って、リチャードは剣を町へ向けて振り下ろした。

光球が放たれ、町の中心へと落下していく。

光球が地上から3米《メートル》の高さに到達した途端、魔力が周囲約50米《メートル》へ拡散する。

その濃密な魔力が、与えられた魔導式に従って一気に爆発した。

――それはつまり、50米《メートル》大の〔爆裂式〕が放たれたということ。

火球に巻き込まれた建物は即座に蒸発。拡《ひろ》がる爆炎は石を溶かし、爆風は瓦礫《がれき》を巻き込んで全てをなぎ倒した。

なにより爆風は町へ深刻な被害をもたらした。一秒に満たぬ間に半径500米《メートル》へ拡散した爆風は、町全体を包み込むのに充分だった。吹き荒れる爆風は建物の骨格を破壊できずとも、窓や扉からその内部へと襲いかかる。その中に人間がいれば、急激な気圧変化に耐え切れず死に至るだろう。

そして、爆発の衝撃はそれで終わらない。

揺り戻しが起こる。

当然の話だ。爆発によって空気が押し退《の》けられたのならば、爆発が収まれば元の場所へ戻ろうとする。爆発点はほとんど真空。気圧が極端に下がった中心点へと空気が雪崩《なだ》れ込み――その激流が町へトドメを刺した。

そして中心へ流れ込んだ空気はそこで止まらない。爆発による急激な温度上昇によって引き起こされた上昇気流に合流し、爆煙を細く、空高く巻き上げた。その煙は、まるで伝説に語られる世界樹のように高い幹と巨大な傘を作る。

そう、細い幹に大きな傘。

マリナがいた世界では『キノコ雲』と呼ばれるソレであった。

――まさに、神が炎の鉄槌《てっつい》を振り下ろしたかのよう。

故に『断罪の劫火』。

故に『炎槌《えんつい》騎士団』。

今でこそ真っ当な『騎士団』の形態を取る〔炎槌騎士団〕だが、かつてはリチャード一人を指す言葉だったのだ。

「リチャード様」

上空まで上がってきた埃《ほこり》を払いながら、アンドレがやってくる。アンドレからすれば見慣れたもの。この程度の威力であればリチャードが疲れることもないと知っているからだろう。賞賛も労《ねぎら》いもなく、常の通りに声をかけてきた。

リチャードはレイバテイーネを鞘《さや》に戻しながら「なんだ？」と応える。

「逃げていく住民はどうしますか？」

「そうだな……」

破壊できたのはチェルノートの町だけ。魔導士たちが放った火の裂け目から、多くの住民が町から逃げおおせていた。爆風の余波で少しは被害が出たようだが、それでも既に多くの住民がチェルノート城へ避難したようだった。

リチャードは悩む。

このままチェルノート城へ侵攻し、内部を焼き払うのも一つの手だ。魔導干渉域《フィールド》のせいで外から【断罪式】は使えないが、中へ飛び込んでしまえば幾らでもやりようはある。リチャードの武器は【断罪式】だけではないし、他の三人にも固有式はあるのだ。

だが元々の計画では、住民を駆除した後、エリザベートだけが残る城を接収して、対帝国の前線基地として利用するつもりだった。もしここで城ごと焼き払ってしまっては、これから戦争を始めるにあたって色々と困るだろう。無傷で手に入れておきたい。

そのためには、住民たち自ら城の外へ出て来させなければならないが……

ふと、リチャードの脳裏に閃《ひらめ》くものがあった。

メイドにかけた言葉を思い出したのだ。

「なあ、アンドレ」

「はい」

「公女には、我らの魔導士たちを殺した罪を償って貰わねばならん――つまり、ただ殺すのでは足りない。そうは思わないか？」

「……ああ、なるほど」

それだけで幼馴染《おさななじ》みには、全て通じたらしい。

打てば響くようなやり取りに満足しつつ、リチャードは「そうだ」と続けた。

リチャードは〔騎士甲冑《サーク》〕の兜《かぶと》の下で、薄く笑みを浮かべる。

「せっかくだ。公女には愛する領民たちに殺される栄誉を与えようじゃないか」

◆　◆　◆　◆

「おひい様！　何をなすってるんですか⁉」

ああ、見つかってしまった。

ポツリポツリと、雨が降り出した夜のチェルノート城。

その裏手の塀にある小さな勝手口の前で、エリザはミシェエラに声をかけられた。避難民が身を寄せ合う正面側からは城を挟んで反対側の位置。ここからならバレないと思ったのに。エリザは背後のミシェエラに悟られないよう、小さくため息を吐《つ》く。

だが、見つかってしまったものは仕方がない。

エリザは努めて何気ない風を装《よそお》って「ミーシャ？」と振り返った。

ミシェエラは傘をさして、こちらへ駆けてきている。

今にも転びそうな足取りに、エリザは思わず近寄ってミシェエラの身体《からだ》を受け止めた。

そしてミシェエラが何かを言う前に、間髪入れず質問を投げかける。

「正門の様子はどうですか？」

「せ、正門ですかい？　――今、シュヴァルツァーんとこの若い衆が馬車でバリケードをこさえたところでさ」

「じゃあ、避難民の収容は完了したんですね」

「ええ、そりゃもう……って、誤魔化《ごまか》さないでくださいな！」

「なんですか？」

「なんですかは、あたしの言葉ですよ！　もう日が暮れて雨まで降り出してるのに、何処《どこ》へ行こうってんですかい？」

ミシェエラはエリザの格好を指差す。

エリザは今、農作業用の屋外着に、黒いフード付きのローブを羽織っている。

それはつまり、夜闇に隠れて出かけるということだった。

エリザは観念して白状する。

「……マリナさんを探しに行ってきます」

「探すって——城の外へ出るつもりですかい⁉」

エリザはこくりと頷《うなず》く。

途端、ミシェエラは傘を投げ出し、半狂乱になってエリザにしがみつく。

「いけませんおひい様っ‼　外になんて、そんなっ」

「分かってミーシャ」

髪を振り乱して止めようとするミシェエラ。エリザはその髪を優しく整えながら微笑《ほほえ》む。

「マリナさんを探してくるだけだから。見つけたら、すぐに戻ってくるわ」

「おひい様。けんども、あの爆発じゃあ——」

言いかけたミシェエラの声が途切れる。

どうやら、わたしは余程酷《ひど》い顔をしているらしい。

自身の顔がどうなっているかは、エリザにも何となく察しがついた。笑おうとするたびに顔が強張《こわば》り、上手《うま》く表情を作れないのだから。

「マリナさんは……きっと、生きてる」

「おひい様、」

「僅かだけど、個魔力《オド》の流れを感じるの。——きっと、魂魄人形《ゴーレム》の素体が壊れて歩けないんだわ。念話が返ってこないのは意識が飛んでるのかもしれない。あ、でも魂魄人形《ゴーレム》って意識を失うとかあるのかしら。ということはやっぱり蓄魔石《ちくませき》に何かあったのかも、急いでわたしの個魔力《オド》を注がないと——」

「おひい様ッ‼」

思考の沼にはまっていたエリザを、ミシェエラの声が強引に引き上げた。

エリザの傍《そば》にいるのは腰が少し曲がった老婆。

ミシェエラが、エリザを諭すように背中をぽんぽんと叩《たた》く。

「変なこと言わないでここで待ちましょう、おひい様。外に出るなんて言わずに」

「……」

「今、外に出たらおひい様まで死んでしまいますよ。そうしたら、あの娘だって浮かばれないでしょう」

「……離してミーシャ。お願い、」

「おひい様」

「マリナさんは死んでません‼」

「おう、死んでねえぞ」

ハッ、と顔を上げる。

そこにいたのは、魂魄人形《ゴーレム》の少女だった。

片眼鏡《モノクル》はヒビが入り、辛《かろ》うじてメイド服だったと判《わか》るボロ布を纏《まと》い、灼けるような赤髪は土と雨で汚れ、球体関節は動くたびに泥やら砂を吐き出している。白木の一部にはヒビすら入り、今にも割れて崩れそうだった。

けれど、生きている。

ナカムラ・マリナが、そこに立っている。

「マリナさんッ‼」

「痛《い》てっ――いきなり抱きつくなよ」

抱きついたマリナが顔をしかめたので、エリザは慌てて「ごめんなさい」と離れる。だが、本当にそこに存在するのか確かめたかったのだ。

「あんた、自動人形《オートマトン》だったのかい……？」

「いや、魂魄人形《ゴーレム》なんだってよ。──そういや婆《ばあ》さんには言ってなかったな」

驚いているミシェエラに、マリナは何でもないように答える。

「マリナさん、よく無事で──」

「まあな。……『よくも無茶を言ってくれたな』って言わなきゃなんねえからよ」

あの時の言葉を覚えていてくれたらしい。エリザは「ごめんなさい」と笑った。

「でも、どうやってあの爆発を？」

エリザの疑問はソレである。

噂《うわさ》に聞いていたリチャードの【断罪式】は、想像を絶するものだった。町の中心には巨大なボウルのような穴《クレーター》が出現し、その周囲の建物は軒並みなぎ倒されてしまった。そうでない建物も、その骨格を残すだけでとても人が住めるような状態ではない。

巻き上げられた爆煙はやがて雲となり、こうして雨を降らしている。お陰で残り火は消えたが、むしろ天候すら変えてしまう威力に恐怖を覚えるばかりだった。

だが。

その問いにもマリナは笑みを溢《こぼ》した。

「あはは！　ありゃ確かに凄《すご》かったなあ、つか、雨まで降らすなんてな。『核』じゃなくてホント良かったわ」

マリナは、エリザの知らない単語を呟《つぶや》いて笑う。

だが、肝心の生き残れた理由を聞けていない。

ボロボロのメイド服からして、爆発から離れた位置にいたとは到底思えない。そもそも『騎士の注意を引く』という念話からさほど時間を置かずに【断罪式】が放たれていた。半径500米《メートル》を破壊しつくした爆発から、逃げられたわけがない。

そう視線で問うと、マリナは何故《なぜ》か恥ずかしそうに頬《ほお》を掻《か》きながら、

「話すと長くなるんだけどよ。まあ、ざっくり言えばエリザのお陰だな！」

「……？　どういうことですか？」

「だから、話すと長いんだって。――それより現状を教えてくれ。さっき、城の塀を登って無理矢理入ってきたからよ。なんも知らねえんだ」

「え？　ええ……」

ひとまずエリザは今置かれている状況を口早に説明する。

町から避難できたのは約600人。人口の三分の二以上は収容できたが、それ以外は避難途中に爆発に巻き込まれたと思われる。城にある魔導干渉域《フース》を展開し、正門に馬車を並

べて防御を固めた。今はシュヴァルツァー主導で城内に運び込んだ物資の確認と、カヴォスたち青年団が避難民の名簿を作っている――

「正直これからどうすべきか分からなくて……それで、わたしマリナさんを探そうと、」

「いやいや。上出来だぜ、エリザ」

言って、マリナはエリザの頭をガシガシと乱暴に撫《な》でまわす。途端にミシェエラが目を剝《む》いて「このガキ、おひい様になんてことを」と怒るが、それすらもマリナは笑って受け止めていた。

――何故だろう。

彼女はこの状況でも、まったく絶望していない。

「マリナさん。どうしてそんな風に笑えるの？　外には騎士が四人もいて、逃げ場所もなくて、立て籠もっていてもいつかは町の人間ごと殺されちゃうかもしれないのに……」

「あ？　まあ、確かに今のままじゃあ絶望的だわな」

言って、マリナは口の端を凶悪に吊《つ》り上げる。

そんな悪魔のような笑みを浮かべて、マリナは「避難民はどこにいる？」と言った。

「正面の方です。あそこの方が中庭より広いので」

「うっし、じゃあそっちの方に行こうか。シュヴァルツァーのオッサンもそこか？」

「ええ、多分」

じゃあ行こう、とマリナはズンズン歩いていってしまう。その後ろをミシェエラが「待ちな、このクソガキ」と追いかける。しかしミシェエラは傘をさしていない。エリザは慌てて傘を拾ってミシェエラが濡《ぬ》れないように傘の中に入れた。

これでは誰が主人で、誰がメイドなのか分からない。

呆《あき》れつつも――何となくこの関係がずっと続くような気がして、少し嬉《うれ》しかった。


「うぉーい‼」

城の前庭に着いた途端、遠くから野太い声がかけられる。

声につられて見れば、体格の良い男がエリザとマリナの方へ手を振っている。その横には商会の主人であるシュヴァルツァーの姿もあった。声をかけたのは恐らく荷役の『エンゲルス』という古株だ。

エンゲルスとシュヴァルツァーは、雨よけのフードを手で押さえながらエリザのもとへ駆け寄ってくる。途端にエンゲルスが驚いた顔をして、

「メイドさん、あんた……自動人形《オートマトン》だったのか」

「いえ、魂魄人形《ゴーレム》ですよ。エンゲルスさん」

おどけたようにマリナが答えている様子からして、二人は顔見知りらしい。エリザが野

菜を卸した時にでも会ったのだろう。やや興奮した様子のエンゲルスを「いつまでそうしてんだ」と押し退《の》けて、後ろからシュヴァルツァーが現れる。

「随分な格好だな、おい」

「これはシュヴァルツァー様。お恥ずかしいところをお見せしてしまいまして」

「今までどこに？」

「町におりました。ですが暗くなってきましたし、そろそろお嬢様の夕食を作らねばなりませんから。こうして戻って来た次第にございます」

「は！　その状態で減らず口が叩けるなんて凄《すげ》えメイドだよ、あんた。こりゃ俺が動く屍体《アンデッド》になっても喰《く》い殺せそうにねえな」

「ふふ、シュヴァルツァー様もお元気そうでなによりです」

そう軽口を叩きあう二人は、数年来の友人にすら見える。少しだけ羨ましい。

「ところでシュヴァルツァー様、お願いがあるのですが」

「……それは俺らが生き残るために必要なことか？」

「ええ、もちろん」

「話せ。俺はあんたと公女様に賭けたんだ。――勝負から下りられねえんなら、行くところまで行くしかねえ」

そうしてマリナはシュヴァルツァーと何かを話し始める。漏れ聞こえる単語から、医療品や人手について話しているようだ。町から怪我人でも連れてきたのだろうか。

エリザも参加したいが、何も分からない自分が割り込んで邪魔をしてしまっても悪い。手持ち無沙汰になったエリザは、何とはなしに周囲を見回す。

――それに気づけたのは、偶然だった。

シトシトと、ベールのような雨が降り注ぐ空。そこに、何かが煌《きら》めいた気がしたのだ。

だがこの雨で星など見えるはずがなく、鳥だって飛ぶわけがない。

なら空にいるのは――

「――〔炎槌騎士団〕、」

「なに⁉」

その呟《つぶや》きにいち早く反応したマリナが「どこだ？」と問う。

エリザは城の上空約１００米《メートル》の位置を指差した。正門の向こう側。魔導干渉域《フィールド》の効果範囲ギリギリの位置。空に浮かぶ四つの影。

天馬《ペガサス》や、一角馬《ユニコーン》に跨《また》がった四騎の甲冑騎士《シャゼル》。

――〔炎槌騎士団〕。

エリザとマリナの声に気づいたのだろう。正門広場に集まっていた避難民たちも空を指差し、動揺のざわめきが広がっていく。

「くそ！　話が違うぞ、メイド！」

「お待ちくださいシュヴァルツァー様。彼らは動いておりません」

「あぁ⁉」

罵声を上げかけたシュヴァルツァーも空を見上げる。

確かに〔炎槌騎士団〕の四騎は、上空に待機したまま動いていない。そこから固有式を放つ様子もない。ただ、こちらを見下ろしているだけだった。

城内にいるエリザと避難民６００名余りは、騎士の姿を、固唾を呑んで見守る。

雨音がこれほどうるさいものだとは思わなかった。音が全身を飲み込もうとしているような気さえする。恐らく、ここにいる全員が同じような圧力を感じていることだろう。城内にいる誰もが身を竦《すく》ませている。蛇に睨《にら》まれた蛙《かえる》——いや、神罰を待つ人間という方が正しいか。

そして、城内の静寂を破ったのは——空に浮かぶ炎槌騎士団だった。

「チェルノート城に集《つど》いし諸君に告げる！」

〔拡声式〕でも使ったかのような大きな声が、城内に響き渡る。

「諸君らの主《あるじ》、エリザベート・ドラクリア・バラスタインは罪を犯した。我らの敵、ルシヤワール帝国と繋《つな》がり王国へ仇《あだ》なそうとしたのだ‼」

そんなことしてない。

エリザはそう叫びたかったが、町の人々の視線は上空の騎士に釘付《くぎづ》けだった。

「故に！　公女エリザベートが保有する財産全てを没収、破壊せねばならない。――当然、諸君ら領民も含まれる」

再び、城内に絶望の空気が広がる。城塞用の魔導干渉域《フース》を展開しているが、あの【断罪式】を防ぐことができるだろうか。たとえ防げたとしても、騎士が直接乗り込んできてしまえば町の人間は抵抗する術《すべ》を持たない。

恐慌状態に陥る寸前――上空の騎士の「だが！」という声が、城内を正気に引き戻した。

「諸君らに一度だけ機会《チャンス》をやろう」

それは何だ。

あの無慈悲な神が、一度だけ機会《チャンス》をくれるというのか。

城内に避難した人間全てが、空に浮かぶ騎士の言葉を待った。

そして、その『機会《チャンス》』が告げられる。

「日が昇るまでに諸君らの主、公女エリザベートの首を私の前に差し出したまえ」

シン――と、静寂に包まれた城内。

やがてどこからか、さざめきのようにヒソヒソと声があがり始めた。

それは、さざ波のように人々の間に広がっていく。

今、騎士様はなんて言った？　公女様の首を寄越《よこ》せと？

つまりそれは、俺たちに公女様を殺せということか──⁉

騎士は城内の人間に言葉の意味が浸透するのを眺め、やがて彼らが続く言葉を聞くために口を閉ざすの待つ。

──そして再び静寂が戻った時、騎士は嘲笑を含んだ声色で告げた。

「さすれば──諸君らの命だけは助けてやろう」

城内のどよめきは、エリザの位置からでも痛いほど感じ取ることができた。

──公女エリザベートの首を、私の前に差し出したまえ。

騎士の言葉は、チェルノート城に避難してきた住民たちの心に深く浸透した。

その様子に満足したのか、上空の騎士たちは何処《いずこ》かへと消えてしまう。だが、そう遠くない場所でこちらを見守っているのだろう。

そしてチラリチラリと、エリザへ向けられる視線。

町の人間の瞳に宿る色は様々だが、好意的、同情的なものは一つとしてない。

それら多くの視線を前にして、エリザは拳を握りこんだ。

「お、おひい様っ！」

駆け出したエリザを引き止めるミシェエラの声。

それを背後に置き去りにして、エリザは住民たちの前に立つ。

そして声の限りに叫んだ。

「なんとかします‼」

町人たちのざわめきが、さぁっと引いていく。

チェルノート城正門前広場に集まった600人余り。彼ら全ての瞳が、エリザへと向けられていた。

エリザはそれに対し、可能な限り自信たっぷりな笑顔を作ってみせる。

彼らの不安や恐怖は察して余りある。領主までもが不安な顔をしていては、領民の不安を煽《あお》るだけだろう。

だから、と、エリザは微笑《ほほえ》みを作って町人たちへ語りかける。

「わたしが、なんとかします。どうか安心してください。決して、あなたたちの命を奪わせたりなどしません。だから――」

「どうやってだ？」

エリザを遮った声は、町人たちの中から聞こえた。

どこから発せられたものかは分からない。

だが、その言葉はハッキリと町人たちの脳内に滑り込む。途端、そこかしこから「そうだそうだ」「あんなの相手にどうするんだっ」「町だってめちゃくちゃになっちまったぞ！」「どうしてくれるんだ⁉」と抗議の声があがり始めた。

そうなってしまっては、もうエリザにはどうしようもない。

いくらエリザが「皆さん落ち着いてください」と訴えても、降って湧いた命の危機に怯《おび》える町人たちは聞く耳を持たない。茶葉やお菓子を買っていた店の主人《あるじ》、お互いに野菜を融通しあった農家の夫婦、町内会の飲み会で必ずエリザに泣きながら礼を言っていた青年団の一人、仕事でもないのにエリザの荷物を運ぶのを手伝ってくれた荷役——誰一人としてエリザの言葉に耳を貸そうとはしなかった。

むしろ、その矛先がエリザへと向けられるだけである。

「あんた帝国と繋《つな》がってるってのは本当なのか⁉」「税金を免除してたのは、後ろ暗いところがあったからなんだろ⁉　でなきゃ、貴族がそんなことするわけがねえ！」「そうだ、そうに決まってる！」

思わず、エリザは口を挟んでしまう。

「そんな……、わたしは皆さんの助けになれればと、」

「俺たちを助けたいなら、いま死んでくれよ！」

そんな声が、どこかからあがった。

途端、再び町人たちが口を閉ざす。チェルノート城正門前広場には静寂が戻り、霧のような雨が芝生を濡《ぬ》らす音までもが聞こえるほどだった。

彼らは一様にこちらを、エリザベートという少女を見つめている。

その視線に込められた想《おも》いは同一のものに見えた。

つまりそれは、わたしに――

「エリザ」

背後からかけられた声に、ビクリとして振り返る。

そこにいたのは魂魄人形《ゴーレム》のメイドだった。

ナカムラ・マリナはエリザの肩に腕を回し、抱きかかえるようにして囁《ささや》く。

「夜明けまではまだ時間がある。少し、ここを離れよう」

「………………はい」

マリナの言葉に誘《いざな》われるようにして、エリザは町人たちの前から離れる。

去り際《ぎわ》、マリナはシュヴァルツァーへ「それでは後を頼みます」「……あんた、未来予知でも使えるのか？」「まさか、経験豊富なだけですよ」などと言葉を交わす。

だが、エリザにはその意味を問う余裕すらなかった。
頭の中の整理がつかない。
エリザは呆然《ぼうぜん》と歩を進める。
町の人たちが不安がっていると思ったのだ。
だから、元気づけなくてはと思ったのだ。
わたしがなんとかすると言えば、少しはマシになるだろうと思ったのだ。
別に感謝されたかったわけではない。
ただ、彼らの不安を取り除きたかっただけ。
——けれど返ってきた言葉は『死んでくれ』。
この町へ来て一年。少しは彼らと打ち解けたと思っていたのだけれど。
背中に突き刺さる町人たちの視線は、エリザにとっては何より恐ろしい魔剣だった。

◆　◆　◆　◆

紅茶の淹《い》れ方を教えてくれ。
応接間のソファへエリザを座らせ、マリナはそう口にした。

薄暗いチェルノート城の応接間。

広い部屋を照らすのは僅かな蝋燭《ろうそく》の灯《あか》りだけ。城塞用の魔導干渉域《フース》を使うため、魔導灯《シャンデリア》から蓄魔石を全て抜いてしまっているのだ。本来ならば窓から射《さ》し込むはずの月光も、今日は望めそうもない。

マリナは手燭《しゅしょく》の灯りでティーセットの載った台車を見つけると嬉《うれ》しそうに駆け寄って、魔導熱器《ケトル》の中に熱い湯が残っていることを確かめる。そうして「ほら、早く」とこちらを急《せ》かした。

マリナなりの気遣いなのだろうか。だとしたら、少し嬉しい。

けど、と。エリザは苦笑しながらマリナを諭す。

「……汲《く》み置きのお湯じゃあ、美味《おい》しくできませんよ」

「そうなのか？」

「空気が抜けちゃってるもの。沸騰した後のお湯で紅茶を淹れても茶葉が踊らないから、味も香りも出ないんです」

無論、それらを教えてくれたのはミシェエラだ。そのミシェエラは先ほど「コイツ等《ら》、おひい様になんて口を」と町人へ殴りかかろうとして、エンゲルスに抱きかかえられて何処《どこ》かへ連れて行かれてしまっている。

エリザの説明を聞いたマリナは肩をすくめ「なら仕方ねえな」と、魔導熱器《ケトル》のお湯をティーポットへ注いでしまう。それから茶葉を適当に掬《すく》ってポットへぶち込み、「ほらよ」と、カップをエリザへと差し出した。

「……マリナさん、あまり茶葉を無駄遣いしないでください」

「いいだろ？　とりあえず何でもいいから水分取っとけ。気分転換だよ、気分転換」

どさりと対面のソファに座ったマリナは、ズゾーっと音を立てて熱い紅茶を嚥下《えんげ》する。

エリザも仕方なく、茶葉が死んでいるであろう紅茶をカップへ注ぎ、口へ含んだ。確かに、この苦さは気分転換にはなるだろう。

「で、どうする？」

カチャリ、と。

優雅さの欠片《かけら》もなく、カップをテーブルへ置いたマリナはそう問いかけた。

あまりに曖昧な質問。

しかし、意図を察することができないほどエリザも呆《ほう》けてはいなかった。

「……城を出ます」

「ほー、出てどうする？」

「炎槌騎士団のもとへ。わたしから、領民への慈悲を願います。その隙に、皆さんには裏から森へ逃げてもらいましょう」

暫《しばら》く間を空けて、マリナが口を開いた。

「エリザ。お前、死ぬぞ？」

「それで、町の人たちが助かるのなら」

「まだそんなこと言ってるのか？」

小馬鹿にするような笑い声。

驚き、エリザはマリナの顔を見る。

そこに浮かぶのは嘲笑だった。

何かを思い出すかのように天井を見上げ、ナカムラ・マリナは笑みを浮かべている。誰を見下し、小馬鹿にし、嘲《あざわら》っているのか。

エリザか、町の人間か、それとも——世界全てか。

そんな考えが浮かぶほど、マリナの凶悪な笑みは悲しげだった。

「なあ、見ただろ？」

「……え？」

「アンタが守ろうとしてる町の人間たちの——頭の中身だよ」

途端、エリザの耳に『死んでくれよ』という声が蘇《よみがえ》る。

それを察したかのように、マリナはソファから身を乗り出してエリザの瞳を覗《のぞ》き込む。

「たしかに、アンタは良い領主だったんだろうさ。町の人間にとって」

「そう、でしょうか？」

それは保証する、とマリナは言った。昨日今日来たばかりの人間でも分かる程度には、町の人間はエリザベートという領主を慕っていたと。

だが、とマリナは嗤《わら》う。

「アンタを慕ってたのは、自分たちに得があったからさ。他の連中と比べて自分たちが恵まれてるってのも大きい。見下せる相手がいるってのは心の安寧を保つからな」

マリナが言う『見下せる相手』とは、麓《ふもと》にあるエッドフォード家の重税に苦しむ町のことだろう。その町はエリザも知っている。むしろその姿を見たから、せめて自分の町の人間にはそんな思いはさせまいと、税金を優遇し、町の運営にも教育を受けた自分が関わることにしたのだから。

「だが、それも今日でおしまいだ」

マリナは、小さく鼻で笑って宣言する。

「どんな得や利益も、死という極大の損に比べりゃ鼻くそみたいなもんだ。アンタが積み上げてきた信用も信頼も友情も親愛もなにもかも全部消し飛んじまった。悪いのは公女エリザベート。町の人間はそう言うさ。お前のせいで自分たちが死ぬなんて許せないってわけだ。アンタが町の人間を助けても、あいつらは感謝しない。──何故《なぜ》だと思う？」

マリナの言葉が、耳からエリザの脳を冒《おか》す。

割れた片眼鏡《モノクル》の奥。魂魄人形《ゴーレム》の瞳に全てを見透かされるような錯覚に陥った。脳が痺《しび》れたように機能不全を起こし、言葉を紡《つむ》ぐことができない。

マリナはエリザの言葉を待たずに、答えを口にした。

「一度与えられた権利は、あって当たり前のモノだと考えるからさ。自分が何かを間違えたとも、努力を怠った結果とも思わない。アンタが努力して与えてくれたことも忘れてアンタを責める。俺たちの権利を奪うな、ってな。……なあ、貴族ってのはそんな奴らまで助けるのか？」

最後の一言が、エリザの脳内に突き刺さる。

痺れが、少しだけ取れた。

「……助けます」

「ほお？」

ようやく紡ぎ出した一言に、マリナは片眉をあげた。

「アンタの苦労を知らず、不幸なのは自分だけだと思ってる連中を助けるのか？」

「助けます」

「仮にアンタが民草を守るために死んだら、連中はむしろアンタを罵倒するぜ？　俺たちに迷惑かけるだけかけて自分は勝手に死にやがったってな。それでもか？」

「助けます」

「本当か？　それはアンタの父親の信条を踏みつけにする連中を守るってことだ。そんな行為は貴いとは言わねえ、ただの道化だ。――それでもか？」

「助けますっ‼」

今やエリザは、マリナの言葉の呪縛から解き放たれていた。

心を蝕《むしば》む呪詛《じゅそ》を振り払うように、エリザはソファから立ち上がる。

「道化なら道化で構いません！　小馬鹿にされただけで民を守れなくなるのが貴族なら、わたしはもう貴族でなくてもいい。たとえ貴族でなくたって、わたしにそれができるのなら同じことをしますから」

「何故だ？」

「わたしがそうしたいから、、、です！」

止まらない。

エリザは心の内に抱えていた想《おも》いを吐き出すように叫ぶ。

「税を軽くしたのは〝わたし〟が彼らの苦しむ姿を見たくなかったから。
町にない野菜を育てたのは〝わたし〟が彼らに食べて欲しかったから。
彼らを助けたいのは〝わたし〟が彼らに生きていて欲しいからッ」

　そこまで言葉にして、エリザはようやく気づく。

　結局、父の信念に共感し尊敬していたのは何故か、という話だ。

　確かに父のことは好きだった。

　だがそれは『貴族は民草の幸せのために戦えるからこそ貴いのだ』という信念に共感したからなのだ。

　父を好きだったから信念を受け継いだのではなく、信念に共感したから父を好きになったという順序ならば――わたしの中には最初から、父の信念に似たものがあったということになる。

　自身が持たないものに、人は、共感など覚えないのだから。

　つまり――

「わたしが、わたし個人が！　彼らが苦しむ姿を見るのが辛いから勝手に手助けしているだけ。彼らの笑顔を見るのが好きだというだけッ！
わたしはたとえ彼らが『不幸になりたい』と泣き喚いていても、

その意思を捻《ね》じ曲げ、無理矢理にでも彼らを幸せにしたいんですっ‼」

言い終えると、途端に自分が肩で息をしていることに気づく。

どうやら自身の想いを言葉に変換するという作業は、思いのほか重労働だったらしい。

感情の昂《たかぶ》りに合わせ、呼吸まで荒くなっていた。

見れば、対面のソファに座るマリナは顔を伏せ、額に手を当て身体《からだ》を震わせている。

頭を抱えるほど呆《あき》れたのか。馬鹿だと思ったのだろうか。愚かだと思ったのだろうか。

だけど、それならそれで仕方がない。エリザは、ようやく言葉にした自身の想いを否定するつもりはなかった。どんな罵倒でも受け止めよう。そうエリザは身構える。

だから、
マリナが身体を震わせながら笑い声を溢《こぼ》した時には、心底驚いた。

「く、くく、くはははははははははははははははははは！」

額を手で押さえたまま天井を見上げ、マリナは高らかに笑い声をあげる。

そしてひとしきり笑い終えると、エリザへと満面の笑みを向けた。

「エリザ、オレはやっぱりアンタが大好きだっ‼」

「……は？　え、」

あまりに予想外の言葉に、エリザの思考は漂白されてしまう。

意味が分からない。

一体何が言いたいのだろうか、この魂魄人形《ゴーレム》メイドは。

先ほどまでの、全てを小馬鹿にするような嘲笑を顔に貼り付けていたマリナはそこにはいない。子供のように無邪気な笑みが、そこにはあった。

唖然《あぜん》とするエリザに構うことなく、マリナは喜びを露《あら》わにする。

「エリザがそんな人間だからオレはあの爆発を生き残れた！　これから騎士を倒すことも、できる！　こんなに興奮することが他にあるかよッ！」

「マリナさん、あなた何を言って――」

「何をって……オレの見立ては間違ってなかったってことさ！」

マリナも立ち上がって、エリザの両肩をテーブル越しに摑《つか》む。

割れた片眼鏡《モノクル》の下に満面の笑みを浮かべて、それを口にした。

「他人をムリヤリ幸せにしたいなんて狂った欲望！

そのために命を賭けられるブッ飛んだ脳ミソ！

正気のまま狂気を為せる、底抜けの〝業突く張り〟を待ってたんだよオレはっ」

――――は？

エリザには魂魄人形《ゴーレム》が口にした言葉を理解できなかった。

いや、一つ一つの単語の意味ならば分かる。だがそこに含まれる意図が読み取れないのだ。大好きだと言ったり、生き残れたのはわたしのお陰と言ったり、挙げ句には『ゴウツクバリ』呼ばわり。喜べば良いのか、怒れば良いのかサッパリだ。

だが、マリナは構わず続ける。

エリザベートという少女がどう『ゴウツクバリ』なのかを突きつける。

「エリザがしてるのは、人を幸せにする〝お遊戯〟だ。だから幾ら罵倒されても、死ねと言われても、それを止《や》めようとしない。そらそうさ。エリザは民草と仲良くなりたいんじゃねえ。――民草を幸せにしたいんだもんな。だから民草がこちらをどう思っていようがそんなの知ったこっちゃない。だってそんなのは〝民草が望む幸せ〟を理解するための一要素でしかねえ。そんなことでお遊戯の結果は変わらないもんなぁ！」

そこまで言われても、エリザにはマリナが喜ぶ理由が分からなかった。

だが、腑《ふ》に落ちる部分もある。

――仲良くなりたいのではなく、幸せにしたいだけ。

確かに、町の人間に罵倒され『お前が死ね』と言われてショックだった。

だが別に、裏切られたとは思わなかったのだ。

わたしは失敗してしまったのか、という自分自身への失望があっただけ。彼らと打ち解けることで、その望みを知り、適切な対処ができていたという自負が打ち砕かれたことが衝撃的だったのだ。

言い換えればそれは、町の人にどう思われていても良いということ。

そこには確かに、エリザからの一方的な想いしかない。

マリナの物言いは乱暴だが、ある意味、エリザベートという人間の本質を見抜いたものなのかもしれない。——けれど納得できる部分があるからといって、お遊戯に耽《ふけ》る欲張り女と言われて笑顔でいられるほど、エリザは聖人君子でもなかった。

肩に置かれたマリナの手を振り払い、不快感を露わにする。

「それで？　そんな〝業突く張り〟にどうして欲しいんですか？　人の中身を暴《あば》き立てて得意がりたいだけなら話はこれで終わりです。わたしはお遊戯に忙しいので」

「拗《す》ねるなよ大将。言っただろ？　オレはアンタのような人間を待ってたんだよ！　アンタのような〝業突く張り〟に、お遊戯の玩具《おもちゃ》として遊び潰して欲しかったんだ！」

叫び倒して少しは落ち着いたのか、マリナはドサリとソファに腰を落とす。

それから再び、あの嘲笑にも似た笑みを浮かべて話し始めた。

「オレをこき使っていた奴《やつ》らは、他人の言葉を言い訳に使う卑《ひ》怯《きょう》者ばかりだった。周りがそうしてるから、それが正しいことだから、そうしなければ非国民だから——そういう常識だの正義だの哲学だの主義《イデオロギー》だのを盲信して、それを他者に押しつけるような奴らがオレは大嫌いなんだよ」

マリナは一瞬だけ、何かを後悔するように視線を伏せた。

だが次の瞬間には元の嘲笑に戻って、エリザを指差す。

「だがアンタは違う。言い訳なんて使わず、純粋に自分の欲望だけで行動してる。しかもその思想を他者へ押しつけるどころか、共感も、理解すらも求めてない。

――強欲に、傲慢に、誰かを幸せにすることだけ考える利己主義者《エゴイスト》だ」

エリザベート・ドラクリア・バラスタインは傲慢な利己主義者《エゴイスト》であると。

その傲慢によって蘇《よみがえ》った魂魄人形《ゴーレム》の少女は宣言する。

「オレはそんな〝業突く張り〟に仕えて、ソイツのために戦うのが夢だった。言うなればオレは〝エリザの望みを叶《かな》えるお遊戯〟がしたいんだよ」

「……不愉快ですね、それ」

「構わねえぜ？　オレはエリザが望みを叶えられるなら何だっていいからな。エリザが町の連中に罵倒されようと、その幸せを願うのと一緒だ。エリザが多くの民草の幸せを願うように……オレはアンタ一人の幸せを願っているってだけの話だよ」

言いたいことは全て伝えたとばかりに、マリナは両腕を広げて肩をすくめる。

あとはただ、エリザを見上げて瞳を覗《のぞ》き込むばかり。

だがそれは、エリザの承諾を待っているわけではない。

エリザが承諾しようと拒否しようと、ナカムラ・マリナという魂魄人形《ゴーレム》は、エリザの望みが叶うように行動し続けるのだろう。エリザが民草と仲良くなりたいわけでもないように、マリナもエリザと仲良くなりたいわけではない。

ただ純粋に、相手の幸せだけを求めているだけなのだから。

ならば――――、

「分かりました。では、わたしのお遊戯に付き合ってください。わたしがお遊戯を楽しめるよう、傍《かたわ》らで尽くしてください。さっきマリナさんは言いましたね？　騎士を倒せると」

「ああ、もちろんだ」

ボロボロの魂魄人形《ゴーレム》は、不敵に笑う。

「オレたちのお遊戯を邪魔するクソ騎士どもに、逆襲してやろうじゃねえか」

第三話　これが私の公女様

シュヴァルツァーに伝えられた作戦はあまりにも荒唐無稽なものだった。

──騎士を倒す。

剣も矢も魔導式すら通じぬ最強の存在を地に落とすなどと、誰が考えようか。

そう、あの異世界《ファンタジア》から来たという赤髪のメイド以外に。

「そこ、早く馬車をバラせ！　ぼさっとしてんじゃねえ！」

シュヴァルツァーが頼まれたのは、異世界《ファンタジア》の武器の加工だった。

全長6米《メートル》はあろうかという巨大な武器が城のエントランスに鎮座している。

それはメイドが生み出した異世界《ファンタジア》の武具だという。

メイドの要望は一つ。──『これを担《かつ》げるようにしてくれ』

他にも作戦に必要なものを掻《か》き集めろとのお達し。要求されたことはどれも無茶ばかり。

こんな要求に応えられる奴《やつ》なんているわけがねえ。

「──俺以外にはな」

正直なところ、久しぶりにやりがいのある仕事というのも事実だった。

「おいおいありったけ持ってこいって言ったろうが。そうだ、備蓄も何もかもだ。おいそこ！　仕上げはベルんとこの鍛冶職人連中に任せろ、大物は馬車屋だ——ああ、違う違う。背中に担ぐんだから鞍《くら》なんか載せるな。図面渡したろうが、ちゃんと見ろっ」

「シュヴァルツァー」

　声に振り向けば、町長のカヴォスだった。なんだかんだ30年来の友人は、珍しく額に汗を掻いている。コイツも、あのメイドの無茶に振り回されているのだ。

「魔導干渉域《フース》発生器なんだが、やはり炉心を開けない。設計図か何かないか？」

「メイドが連れてきた例の奴は？」

「専門外だとさ。そいつが設計図が欲しいって言ってるんだ」

「チッ——設計図か。………おい、エンゲルス！」

「へい！　なんすか？」

「俺の金庫に王室近衛《このえ》の魔導技術教本あったろ。アレをカヴォスに渡してやれ」

「ちょ——アレはヤバいですって！　箱を開けるだけで王室魔導院に知れちまう。国家反逆罪で一族郎党死刑ですよ‼」

「馬鹿野郎！　ここで死んだら元も子もねえだろうがッ。さっさと持ってこい！」

「へ、へいッ！」

走り去るエンゲルスを見送り、カヴォスが案ずるような視線で問う。

「……いいのかい？　いざという時の切り札だろう、それ」

「今、切らずにいつ切るよ。なあに、勝てば公女様が上手《うま》くとりなしてくれるさ」

「勝てば、ね」カヴォスは不安そうに問う。「勝てると思うかい？」

それをシュヴァルツァーは「知るか」とすげなく切り捨てた。

「俺たちが今、弄《いじ》ってるこのデカブツだって異世界《メイド・イン・ファンタジア》の武器だ。どんなもんか判《わか》ったもんじゃねえ。公女様が魔獣を倒したってのも正直眉唾だ。けどな――」

シュヴァルツァーは顎でエントランスの二階を指し示す。そこでは綺麗《きれい》なメイド服に着替えた赤髪の魂魄人形《ゴーレム》が、階下の作業を見守っていた。

シュヴァルツァーは意地の悪い笑みを浮かべ、

「見ろよ、あのクソ目つきの悪いメイド。あの女、絶対にただじゃ死なねえぞ？」

「はは、違いない」

町を仕切ってきた男二人は笑いあう。

平民が騎士を倒すなどということは今まで考えたこともなかった。いや、この数百年、誰も想像もしていなかっただろう。聞かされた作戦だって、全てが上手くいくとは到底思えない。十中八九、死ぬだろうと二人の男は思っている。

だが、今までは万に一つの可能性もなかったのだ。

長らく忘れていた『自身の運命を自ら切り開く喜び』を、男たちは感じていた。

◆　◆　◆　◆

——なんか、めっちゃ失礼なこと言われてる気がするな。

エントランスの二階から階下を見守っていたマリナはシュヴァルツァーへ指を差し『覚えてろよ』という仕草をしてみせる。『おお怖い』とおどけるシュヴァルツァーとカヴォスの仕草にはこちらへの信頼があった。ヤケクソかもしれないが、ひとまずは良いことだ。

と、

「マリナさん」

背後からかけられた声に振り返る。

そこにお姫様が舞い降りた。

そんな言葉が思い浮かぶほど、エリザの姿には現実離れした美しさがあった。

星空を想起させる濃紺のドレス。妖精の羽のようなスリーブライン。流れ落ちる星を集めたようなティアラ――聞けば夜会用の一張羅らしい。

町人の避難誘導やら何やらで汚れた服を「領主様がそんな格好してちゃいけません」と、ミシェエラに脱がされ着替えさせられたらしい。

エリザは階下を一瞥《いちべつ》して「順調そうですね」と呟《つぶや》いてから、マリナへ視線を戻した。

「マリナさん、ちょっといいですか」

「ん？　おい、なんだ押すなって」

エリザに背中を押されて、マリナは正面エントランス二階の端へ追いやられる。人の耳がないことを確認するかのように神経質に周囲を窺《うかが》ってから、エリザは口を開いた。

「マリナさん、少し作戦について質問があるんです」

――やっぱりか。

マリナは『やれやれ』という表情を浮かべてみせる。

エリザやシュヴァルツァーに伝えた作戦内容には意図的にぼかした部分があった。エリザはその点に気づいたのだろう。もしかしたらその理由についても。

仕方ない。

「オレもエリザに話しておくことがある」

マリナにしても、どこかのタイミングで話しておくつもりだったことだ。

良い機会と考えて、マリナはエリザの質問を先回りして答えることにした。

そうしてマリナの口から語られる内容を聞くにつれ、エリザの顔はみるみると歪《ゆが》んでいき、そして――

「それじゃマリナさんが死んじゃいます！」

話を聞き終えた途端、エリザはそう叫んだ。

だが、マリナは首を横に振って笑う。

「いや、これが最適解だ」

「でも」

「なんだ、オレを心配してくれるのか？　つい何時間か前には恐《こわ》い顔で『わたしのお遊戯に付き合え』って命令してただろ」

「そ、それはそうですけど。アレは勢いというか腹が立ってたから思わずというか……」

急にもごもごと言い淀《よど》んでしまったエリザだったが、何かを振り払うかのように首を振って勢いよく叫ぶ。

「と、ともかく！　わたしはマリナさんにも死んで欲しくないんです！」

――は、
マリナは自身の口元が緩むのを自覚した。

なんとも嬉《うれ》しいひと言だ。

別に好いて欲しくてメイドをやっているわけじゃない。

だがそれでも、敬愛する主人《あるじ》に『死んで欲しくない』と言われれば——やはり嬉しい。

なにしろこの異世界《ファンタジア》に来るまでは『死んでも任務を果たせ』と言われ続けてきたのだ。

「エリザ、言っただろう？」

マリナはエリザの頭の後ろに手を回し、そのまま自らの額をエリザの額へと押しつけた。

互いの額を合わせたままエリザの瞳を見据えて、マリナは優しく言い聞かせる。

「お前が鍵だ。エリザがしっかりやってくれれば敵以外誰も死なない。当然オレも死なない。そしてエリザは本物の領主になるんだ」

マリナは額を離して、エリザの肩をポンと叩《たた》く。

「信じてるぜ、オレの可愛《かわい》い公女様」

「分かったわ……。分かったから、その、離れてくれるかしら？」

「おう、わりいな」

エリザは何故《なぜ》か顔を赤らめながら、それを誤魔化すように咳払《せきばら》い。

陛下の〝ソレ〟を見下ろして、

「でもマリナさん、あんな大きなもの担げるんですか？」

「今のままじゃ無理だな。そもそも反動がでかすぎる。40kN《キロニュートン》以上の反動なんて、人の形をしたままじゃ受け止めきれねえ」

「じゃあどうやって……」

「あれか？　俺に魔導式をかけて欲しいってのは」

唐突にかけられた声。

——ようやく来たか。

振り向くと、マリナとエリザへ歩み寄ってくる一人の男。

羊飼い風の格好をした男は、「よっ」と気さくにこちらへ手を振ってくる。

「はい。あちらに〔力量変換式〕と〔重力制御式〕を施して頂きたく」

「なるほど、気が滅入《めい》るね」

「あの、マリナさん？　こちらは——？」

「おや。この声を聞いても分かりませんかねえ、公女様？」

「？　すみません、えっと……」

「いやはや、自分を殺そうとした相手の声を忘れるなんて公女様は豪胆でいらっしゃる」

その言葉で、エリザは何かを察したらしい。

大きく目を見開き、マリナへ視線で問いかける。

マリナはその視線を微笑《ほほえ》みで受け止め、正解を口にした。

「ご紹介します、お嬢様。

こちらはダリウス・ヒラガ様。――私たちを殺そうとした魔獣使い《ビーストテイマー》でございます」

◆◆◆◆

つまりナカムラ・マリナは、エリザの忠実なメイドだったのだ。

エリザの「できるだけ殺さないで」という頼み。それに従い、マリナという少女は魔導士たちを鎮圧はしても、最初の一人を除けば誰も殺さなかったのだ。

そして最後に残った魔導士――ダリウスへマリナは問いかけた。

『お尋ねしたいことがございます。

怪我《けが》で動けないご友人の皆様を、騎士団から守る方法はございますか?』――と。

魔導士たちが生きていることを知ったダリウスは、マリナを捕縛するために用意した魔導式を提供。あらゆる物理的な力量を吸収、光に変換するという魔導式によって魔導士のみならずマリナをも守ったのだった。

そして怪我をした魔導士たちの治療を条件に、ダリウスに協力を約束させた。

騎士を倒す作戦も、ダリウスから得た情報を元に立案したのだと、マリナは語る。

「言ったろ？　エリザのお陰だってな」

「そんな、わたしは……」

「いや、オレだけだったらコイツ等《ら》を助けるなんてこと考えなかった。それが土壇場《どたんば》で大正解だったわけよ」

またエリザに救われたな、とマリナは笑う。

と、

「おう、そいつが凄腕《すごうで》の魔導士か？」

シュヴァルツァーにカヴォス、そしてエンゲルスもエントランスの二階に集まってくる。階下の作業も落ち着いたらしい。エリザは集まった五人を見回し、

「じゃあ、これで準備は――」

「いいや、まだだ」

――整ったんですね。そう言いかけたエリザをシュヴァルツァーが遮った。

シュヴァルツァーは少し言いづらそうに、

「良い話と、悪い話がある」

「……良い話からお願いします」

「ひとまずこの城の魔導干渉域《フース》発生器の調整は何とかなりそうだ。うちの連中で問題なく操作できるだろう。だいぶ古い型だが、その分構造が単純だったらしくてな」

シュヴァルツァーとカヴォスにはチェルノート城の魔導干渉域《フース》発生器の調査を任せていた。大地に流れる大魔《マナ》——いわゆる『地脈』を吸い上げて動作する城塞用の魔導干渉域《フース》発生器は本来、専門の技師が扱うもの。それが曲がりなりにも扱えるというのは朗報だろう。

だというのに、シュヴァルツァーの顔は暗いままだ。

シュヴァルツァーは「んで、悪い方だが……」と言った後、一度言葉を切った。そして鼻から大きく息を吐いてから口を開く。

「蓄魔石がまるで足りてない。——これじゃあ発生器を暴走させるのは無理だ」

その場にいる全員が息を呑《の》んだ。

魔導干渉域《フース》発生器の暴走は作戦の大前提だからだ。

「俺が持ってきた分はともかく、城の備蓄が少なすぎるんだ。……公女様よ、あんなんでよく生活できたな。あれならそこらの農家の方がまだ持ってる。暖炉どころか魔導灯《シャンデリア》を点《つ》けるのだって躊躇《ためら》う量だったぞ」

エリザとしては「すみません」と、曖昧に微笑むしかない。

それをシュヴァルツァーは「悪い、責めたつもりじゃねえんだ」と否定して話を戻す。

「ともかくだ。蓄魔石《ちくませき》をどっかから持ってこなくちゃならん。皆、当てはあるか？」

カヴォスが「あ」と人差し指を立てる。

「それなら避難民たちから提供して貰おう。山越えも考えて彼らの所持品も確認したが、全員のを合わせればそれなりの量になる」

だが、シュヴァルツァーは呆《あき》れたようにため息を吐《つ》き、

「本気か？」

「なんだ、だめか？」

「――蓄魔石は食糧の次に大切な生命線だ。明かりを得るにも火を熾《おこ》すにも水を浄化するにも、あらゆる魔導器具は蓄魔石で動くんだ。それに蓄魔石なら違う町に行っても換金しやすいし、森に逃げ込むなら狼《おおかみ》を追い払うためにも必要だろう。――それを出せってのは、命を預けろってことだぞ？　計画的に避難させるどころか暴動が起こる」

「しかし旦那」

今度はエンゲルスが口を挟む。手のひらを上に向けてエリザを指し示し、

「領主様が命令すりゃいい話じゃないですか」

「人が好《い》いだけで、何の力もない領主にか？」

気まずい沈黙が流れる。

だが、エリザとしてもシュヴァルツァーの言いたいことは理解できた。

他の領主から民を守ることもできなかった上に、領主だからと無理矢理財産を供出しろと言えば、炎槌《えんつい》騎士団の言葉がなくとも殺されてしまうだろう。

今現在そうなっていないのは、シュヴァルツァーとカヴォスの取りなしで町人たちも落ち着いているからだ。わざわざ争いの火種を撒《ま》くのは望ましくない。

シュヴァルツァーは大きくため息を吐きながら、エントランスの壁に身を預ける。

「俺はいいさ。……正直に言えば、何もかも失って生きるよりも公女様が成り上がることに賭けた方が面白いと思って協力してる。――だが、そこらの人間は別に地位も名誉も権力も財産もそこまで欲《ほっ》してねえ。平凡で平和で、余所《よそ》よりは少しだけ豊かな暮らしを望んでるんだ。そんな奴等《やつら》に一か八かの大勝負に乗ってくれと言っても、賭け金を出す奴はいねえ」

答える声はない。

――『その通り』ということだろう。

シュヴァルツァーは諦めたように「仕方ねえ」と力なく口角を上げた。

「俺が高値で買い取るってことにして集める他ねえな。どのみち発生器を暴走させられなきゃ逃げることだって――」

「いえ」

シュヴァルツァーの言葉を遮る声。

それは、エリザ自身の口から発せられていた。

「わたしが頼みます」

「バカ言え」

シュヴァルツァーは不可解だとばかりに片眉を上げて、

「ついさっき、死ねと言われたばかりだろ」

「――それでも、わたしは貴族で領主です」

エリザはマリナの言葉を思い出していた。

マリナは言った。――本物の領主になるんだ、と。

この作戦で、最も危険な目に遭うのは間違いなくマリナだ。今、エリザの横で仏頂面《ぶっちょうづら》をしている魂魄人形《ゴーレム》は、エリザベート・ドラクリア・バラスタインの願いを叶《かな》えるために、二度目の生を賭けようとしている。エリザを本物の領主にして、民草へ幸せを与える存在にしようと奮闘している。

――なら、その想《おも》いに応えるべきだろう。

わたし自身も、願いを叶えるために行動しなくては。

マリナの言葉が甦《よみがえ》る。

——お前が鍵だ。

——信じてるぜ、オレの可愛《かわい》い公女様。

「これは、わたしがやるべきことなんです」

◆　◆　◆　◆

エリザが正門前の広場に姿を現すと、焚《た》き火を囲んでいた町人たちのざわめきが止《や》んだ。皆、唐突に現れたエリザに注目している。

だが正面から視線を合わせようとする者はいない。なにしろ勢いとはいえ『死ね』と言った相手だ。口には出していなくても頭では考えたはず。その後ろめたさが目元に表れているのだろう。

エリザはエントランスホールへ続く扉の前に立ち、広場に集まっている600人余りの避難民を見渡す。背後にはマリナが控えてはいるが、それを考えなければエリザ一人で600人と交渉するようなものだ。ふと、つい数時間前の記憶が甦る。あの時は無我夢中で「なんとかします」と言ってしまったが、今になって思えば随分と大それたことをしたように思う。こんなに大勢の前に立ったことなど、父が生きていた時でも、自分一人きりになった後でもなかったのに。

だが、やらなくてはならない。

皆が努力している。

わたしも、できることをしなければ。

息を吸い込んだ。

「わたしは、これから〔炎槌騎士団〕へ反撃をします」

避難民たちに驚きはなかった。

皆、大人しくエリザの言葉に耳を澄ましている。

慌ただしい城内の様子から、なんとはなしに気づいていたのだろう。それに商会の人間や、青年団には既に話したことだ。そこから話が漏れ伝わっていてもおかしくない。その上で反論が上がらないということは、ひとまず話は聞いてくれるのだろう。

少しホッとして、エリザは話を続ける。

「そしてわたしたちが騎士の注意を引きつけている隙に、皆さんは城から逃げてください。案内は町長のカヴォスさんにお願いしてあります。森からガルバディア山脈を越えてガラン大公のマグドニージャ領へ。避難民を受け入れて貰《もら》えるように嘆願書を渡しておきます。

国境を越える前に鳩《はと》を飛ばして貰えれば、いきなり捕らえられたりもしませんから」

ヒソヒソと、避難民の間で言葉が交わされる。

逃げるのはともかくガルバディア山脈を越えるというのは、やはり思うところがあるのだろう。普通、山越えは入念に準備して行うものだ。なのに荷を運ぶ幻獣すらいない。ほとんど着の身着のままで逃げて来た者たちにはあまりに酷だ。

とはいえ、避難民たちが受けた衝撃はそこまで大きくない。

騎士と戦うよりは山越えの方がよほどマシだからだろう。

それに逃げる際に持ってきた魔導器具や蓄魔石もある。新天地に行くまではそれに頼り、向こうへ到着したら売って、新しい生活を始める元手にすればいい。

困難だが決して不可能ではない。――そう考えているはずだ。

「ただ、そのためにお願いしたいことがあります」

だから、

「どうか、皆さんの蓄魔石を分けてくださいませんか？」

そうエリザが口にした時の衝撃は凄《すさ》まじいものがあった。

ざわめきは大波となり、避難民たちの驚きと動揺が津波のようにエリザへと襲いかかった。「無茶だ」「何を馬鹿な」「あり得ない」避難民は口々に抗議する。

エリザはそれを黙って受け止めた。

　そして遂《つい》に、聴衆の中の一人が立ち上がった。黒い髪の30代くらいの男だ。両脇に家族らしき女性と子供がいる。エリザは記憶を探り、彼がパン屋の主人であると思い出した。

　男は背後にいる避難民にも見えるよう大きく手を上に上げてから、ざわめきが小さくなるのを待ってエリザへ問いかける。

「何故だ？　なんで蓄魔石が必要なんだ」

「皆さんが逃げる隙を作るためです」

「……どれくらい必要なんだ？」

　エリザはカヴォスとシュヴァルツァーが持たせてくれたメモへ目を落とし、

「おおよそ、1000瓩《きろぐらむ》――」

　再びざわめきが大きくなる。

　避難民の数で割れば一人当たり1・7瓩《きろぐらむ》。しかし彼らが持ち出した蓄魔石の量は、せいぜい2瓩《きろぐらむ》程度だろう。中にはもっと少ない者もいるはずだ。

　つまり『手持ち全てを吐き出せ』と言っているに等しい。

　男の顔にも「あり得ない」とハッキリ書かれている。

「蓄魔石がなくっちゃガルバディア山脈を越えるなんてできねえ。下手したら森で狼を追い払うことすらできなくなる。──それでも俺たちに、蓄魔石を出せと言うのか？」

「はい」

「なんでだ」

「彼らへの反撃に必要なんです」

「公女様が戦うのか？」

「はい」

「どうしてそんなことをする」

「それは──」

男の問いに、エリザはどう答えるべきか悩んだ。

エリザが〔炎槌騎士団〕と戦うと決めたのは、マリナの言葉があったからだ。民草に死んで欲しくないという願いを自覚したからだ。そして、自分が死ぬ以外にそれが叶《かな》う方法があるなら試したいと思った。それだけだ。

だが、それは避難民たちには何の関係もないこと。

避難民たちには『エリザを殺して〔炎槌騎士団〕に許しを請《こ》う』という手段が残っている。そもそも蓄魔石を差し出して貰う正当な理由などない。仮に今まで免除していた税の代わりだと言っても、従う人間などいないだろう。そもそもエリザ自身、そんなことは言いたくない。

エリザは悩んだ末に、結論を出す。

「正直に言います。これはわたしの我儘《わがまま》です」

正当な理由などない。

下手な言葉は御為ごかしと取られて、誰にも響かない。

ならせめて、わたしが思ったことをそのまま伝えよう。

民草に負担を強いるのだから、せめて本当のことを言わねば。

「わたしは皆さんに死んで欲しくありません。――でもそれならば騎士団の言う通り、わたしは皆さんに殺されるべきなのでしょう。それが最も確実な方法です」

ざわめきが引いていく。

避難民たちは自覚したのだ。エリザへの協力を拒むというのはそういうこと。

蓄魔石を差し出すか、エリザベートを殺すか。

今ある選択肢は二つに一つ。

エリザは、シンと静まり返った正門前広場へ向けて言葉を紡《つむ》ぐ。

「だけど、わたしは死にたくない。――皆さんの笑顔が見られなくなるから。

もちろん、皆さんにも死んで欲しくない。——皆さんと話すことができなくなるから」

甦《よみがえ》ったのは、チェルノートへやって来てからの1年の記憶だ。

家族を喪《うしな》った悲しみ、一人きりになってしまった怖さ、領主としての責任の重さ。領民たちが少しでも笑顔になれるように努力してきたつもりだったが、それが正しいのかずっと不安だった。

けれど、その生活が辛《つら》いだけだったかと言えば——決してそんなことはない。

チェルノートは昔からバラスタイン家と近しい領地だったこともあるのだろうが、町の人間はエリザに優しくしてくれたのだ。

農家の夫婦は畑の作り方を教えてくれた。青年団の若者は何度も荷物を運ぶのを手伝ってくれた。酒屋の主人は客に出す酒の種類について詳しく教えてくれたし、茶屋の店主はわざわざ遠方の珍しい茶葉を取り寄せてくれた。夕食が用意できないほど困窮していた時には、それを察したパン屋の主人が夕食をご馳走《ちそう》してくれた。馬車だってシュヴァルツァーが必要のなくなったものを譲ってくれたものだし、町内会へエリザを紹介して運営に携わらせてくれたのはカヴォスだ。一つ一つ上げればキリがないほど、エリザは町の人間から優しくされてきたのだ。

わたしは、民草と仲良くなりたいわけではなかった。

彼らを幸せにしたいと、傲慢にも願っていただけだ。

――けれど、

――やっぱり、
優しくされたことは、嬉《うれ》しかったのだ。

「だから、わたしは騎士団と戦います。

皆さんを逃がして、生き残ってみせます。

そしてまた、皆さんと一緒に畑を耕し、家を建て、機《はた》を織《お》り、子を育て、美味《おい》しいご飯を食べるんです」

彼らを幸せにしたい。

そのすぐ傍《そば》で、彼らの幸せを眺めていたい。

それがエリザベート・ドラクリア・バラスタインの願いであり、夢であり、欲望であり、野望であり、生まれてきた理由。

「この、わたしの我儘を許して貰えるのなら、どうか蓄魔石を分けてくださいませんか。

お願い、します――」

言って、深々と頭を下げた。

返答は――ない。
やっぱり駄目、かな。
エリザは地面を見つめたまま思う。
今話したのは、エリザ自身の想《おも》いでしかない。
駄々《だだ》をこねる子供と大した違いはないのだ。
『だからどうした』と言われればそれまでで――

「はい」

舌足らずな声が聞こえた。
驚いてエリザが顔をあげると、目の前に小さな女の子が立っている。
童女とも言うべき年齢の子供が、何かを持った手をエリザに差し出していた。
その小さな手の平へ、視線を落とす。
手の中にあるのは、とても小さな石。けれど、それは確かに第五触媒《エーテル》を含んだ結晶体。
小指ほどの大きさの蓄魔石だった。
「あげる」

「え、」

「おねえちゃん、がんばって」

「――――、」

言葉にならない何かが込み上げてくる。

思わず、エリザはしゃがみ込んでいた。童女と視線の高さを合わせ、自身の両手で童女の手を包む。

「ありがとう、大切に使うね」

「あのね、おねえちゃん」

「うん」

「また、おうちきてね。ごはんたべてよ」

その言葉で思い出した。

この童女は、確かパン屋の――

「ほら」

気づけば、先ほどまでエリザを問い詰めていたパン屋の主人が隣にしゃがんでいた。

その手には、童女が持つソレとは比べものにならないほど大きな蓄魔石。

「悪いが、これしか持ってない。1瓩《きろぐらむ》くらいだろう」

「俺だってな、本当は公女様を殺して生き残りたくなんかねえ。もし、別の道があるならそっちを選ぶ」

「いい、んですか？」

「でもこれがないと」

「ああ、山越えは無理だ」

パン屋の主人は肩をすくめる。

「だから俺は城に残る。うちの嫁と子供もな」

「信じて、くれるんですか……？」

正直、エリザ自身、自分の言葉で町の人が動かせるとは思っていなかった。

男は「公女様も人が悪い」と苦笑する。

「シュヴァルツァーの旦那から聞いたぜ。公女様、帝国の魔獣を倒したんだろ？　どうやったのかは知らないが、ただの『鍬《くわ》振り公女』じゃなかったわけだ」

その言葉でエリザは思い出す。

そうだ。マリナさんはシュヴァルツァーさんに嘘《うそ》をついたと言っていた。

魔獣を倒したのはエリザベート・ドラクリア・バラスタインだ——と。

男は童女を抱いて立ち上がり、後からやって来た妻と寄り添って笑う。

「公女様が勝てば俺たちも生き残れる。何の不都合もない。──そうだろ、みんな‼」

唐突に張りあげられた声につられて、エリザは避難民たちがいる方へと視線を向けた。

そして、エリザはそれを見た。

いつの間にかエリザの周囲に集まっていた避難民たち。

その誰もが、蓄魔石を手にして佇《たたず》んでいる。

「皆さん……」

「公女様が戦うって言うのに、俺たちは不幸を嘆いてるだけか⁉」

男の言葉に、避難民たちから「「「違う‼」」」と声があがる。

「俺たちのことをこんだけ想ってくれてるんだぞ！　それに応えなかったら、俺たちは他の貴族どもが言うように『家畜』と同じになっちまう。──俺たちは家畜か⁉」

「「「違う‼」」」

「なら、やることは決まってるよなあ⁉」

「「「うおおおおおおおおおおおおおおおおおおおおおおおおおおおッ‼」」」

波濤《はとう》のような叫び声が、チェルノート城に木霊《こだま》した。

彼らが掲げる手には蓄魔石が握られている──。

エリザは、自身の目尻に涙が浮かぶのを感じた。

「皆さん、ありがとう。

――本当に、ありがとうっ」

◆◆◆◆

マリナはその様子をエントランスホールの扉の脇から眺めていた。

エリザは感極まってしまったのか涙まで流している。それを避難民たちに笑われながら「ありがとう」と繰り返していた。

ふと、背後から近づく足音に気づく。

振り返ってみれば、今日だけで何度も見た恰幅《かっぷく》の良い身体《からだ》があった。

シュヴァルツァーは、勝ち誇ったような笑みを浮かべて言う。

「な、言った通りだったろう」

「ええ、確かに」

答えて、マリナは手に持っていた蓄魔石をポケットにしまう。

それはマリナが裏工作のために用意したものだった。

マリナは、町人たちを説得するにはもう一押しが必要だと考えていた。

そもそもエリザは交渉事に向いていない。最後には本心を語って懇願することになるのは目に見えている。――なら、それを利用する方が建設的。

故にマリナはシュヴァルツァーを通じ、避難民の中にいる子供に蓄魔石を持たせて、エリザへと渡させようと考えていたのだ。古今東西、感動的な演出には子供を使うもの。無《む》垢《く》な子供の行動が一番、人間の感情に訴える。

だが、そのマリナの考えをシュヴァルツァーが「必要ない」と止めたのだ。

シュヴァルツァーは腰に手を当てて、マリナを諭すように苦笑する。

「公女さんはそれなりに慕われてる。もうちょっと信じてやれよ」

「真っ先に逃げようとしていた貴方《あなた》がそれを？」

「俺は現実主義者なんだ。公女さんは善人だとは思うが、力がないのも事実だろ。涙で戦争は止められんよ」

「同感です」

感情は人間が行動を起こす大切なエネルギーだが、感情のままに行動するのは愚か者だ。

それをシュヴァルツァーはよく分かっているらしい。

「ですが、一つだけ訂正を」

「なんだ？」

「わたくしはお嬢様を信じていないわけではありません。——お嬢様以外の全てを信じていないだけです」

「そいつは俺もか？」

「シュヴァルツァー様の職業倫理は信用しておりますよ。利害が一致する間は、取り引きに応じてくださると」

「は！　良いね、商売人としちゃその方がやりやすい」

シュヴァルツァーは心底楽しそうに笑った。

そして、ひとしきり笑い終えた後にボソリと呟《つぶや》く。

「……あんたら、良いコンビになるかもな」

「はい？」

「なんでもねえよ。——んじゃまあ、俺は蓄魔石を回収してこようかね。おーい、エンゲルス！」

言いながら、シュヴァルツァーは避難民が集まる正門前広場へと歩き去って行く。

その背中を見送って、マリナはエントランスホールに鎮座するソレへと振り返った。

そして、その脇に立つダリウスへ視線を向ける。

「——今の騒ぎは外に漏れていませんね？」

「ああ。俺の〔音響制御式〕の精度は知ってるだろ？　公女さんも騎士どもからは見えない位置に立ってたから問題ないだろう」

「ではソレの準備はいかがですか？」

「カンペキ。言われた通り〔力量変換〕を三軸と〔重力制御〕で重量と反動の対策もしたし、〔雷火式〕を使った動作制御もできるようにしたぜ？」

まったく無茶言いやがって、とダリウスは苦笑する。

マリナがダリウスへ頼んだのは、とある武器を人の身で扱えるようにすること。本来は人間が担げるようなものではないのだ。重量を軽減し、反動を打ち消し、動作系に細工を施さねば無理な話。——だがその無理が通るなら話は別だ。

ダリウスの答えにマリナは満足げに頷《うなず》く。

「それでは、灼鉄《しゃくてつ》の異世界《ファンタジア》より愛を込めて、彼らをもてなして差し上げましょう」

「あんた〝灼鉄〟っての、随分気に入ってるんだな」

「いえ別に。悪くないとは思っておりますが」

「ハ、別に恥ずかしがることないだろ、二つ名はあった方がいい」

「別に恥ずかしがってもおりませんが」

「いやいや恥ずかしがってるだろ。んだよ、恐《こわ》い女だと思ってたが結構可愛《かわい》いところもあるじゃ――おい、睨《にら》むなよ、分かったたって、もうからかったりしねえよ」

視線でダリウスを追い払い、マリナは再び住民に囲まれるエリザへと視線を向けた。

ともあれ、これで騎士どもを倒す準備は整った。

お涙頂戴の三文芝居はこれにて終了。ここから先は命を賭け金にしたお遊戯の時間。

楽しい楽しい殺し合いの時間だ。

「気張れよエリザ。お情けじゃ人の上に立ち続けられはしない。

――オレが、お前を本物の領主《あるじ》にしてやる」

◆◆◆◆

チェルノート城から灯《あか》りが消えた。

城に避難した平民たち。彼らが熾《おこ》した焚《た》き火が消され始めたのだ。

それをリチャードがみとめたのは【断罪式】の余波で生み出された雲がようやく薄れ、三日月が顔を見せた頃だった。弱々しい月明かりの下では強化された視覚でも細かいところまでは見ることはできない。しかし、何かが始まろうとしていることは確かだ。

「ようやく、ですね」

リチャードの隣で、六脚馬《スレイプニル》に跨《また》がるアンドレが安堵《あんど》のため息を吐《つ》く。『公女を殺せ。でなければ皆殺しだ』と宣告してから数時間。〔騎士甲冑《サーク》〕が持つ体温調節機能と〔身体強化式〕によって疲れを知らない騎士だが、だからといって空の風に吹かれ続けるのは気持ちの良いものではない。アンドレのため息はニコライとガブストールにも伝染し、三人の口元に笑みがこぼれた。

「ったく、今になって覚悟を決めたのか平民どもは」

「〔騎士甲冑《サーク》〕すら持たない小娘を殺すのに、何を躊躇《ためら》うことがあったんだか」

「まったくです。町人たちが事を起こしたら、さっさと降りて駆除しましょう」

「ああ、そうだな。いい加減、腰を落ち着けたい」

騎士たちはそう言って笑い合う。

もとより、彼らはチェルノートの住民を生かしておくつもりなど微塵《みじん》もなかった。

ただ、普通に公女を殺すだけでは、収まりがつかなかっただけ。町人たちが公女を殺したら、今度は『貴族を殺した罪』に対する罰を与えるつもりだった。

だが、

「――少し待て」

険しい表情を浮かべるリチャードへ、笑い合っていた三人の騎士は怪訝《けげん》な視線を送る。

それを無視して、リチャードは〔身体強化式〕を眼球へと集中させた。

汎人種《ヒューマニー》の眼球の限界まで向上させた視覚が、城の広場の様子を捉える。

頼りない月明かりの下で蠢《うごめ》く人影たち。彼らは一様に城の中へと吸い込まれていく。順当に考えれば、町人たちは数の優位に任せて公女を殺しにかかるのだろう。

だが。

――気のせいか？

リチャードは眉をひそめる。

〔炎槌騎士団〕の団長であるリチャードは幾度となく戦いに赴いている。国境を侵した獣人種《ゼリアン》の討伐や、長命人種《エルフ》の国家である連邦との小競《こぜ》り合い。時には南方の大陸を支配する巨人種《ギガンツ》の王《ファラオ》とも剣を交えたこともあった。ここにいる四人の騎士の中では最も戦慣れしている。

そのリチャードの勘が告げているのだ。

お前は今、戦場《いくさば》に立っている――と。

「何だ？」

最初に気づいたのはアンドレだった。

魔導神経を持たぬ騎士ですら感じ取ることのできる魔力の奔流が、チェルノート城の地下から溢《あふ》れ出したのだ。途端、リチャードたちが跨《また》がる幻獣たちが悲鳴を上げる。変化はそれだけで収まらず、何かが〔騎士甲冑《サーク》〕が生み出す〔魔導干渉域《フース》〕とぶつかり合って眩《まばゆ》い魔力干渉光を生じさせた。

だが、魔導式を魔力に還元した際のものとは違う。

むしろ騎士同士がぶつかり合った時に生じるような——

「——まさか」

アンドレは暴れる六脚馬《スレイプニル》を必死に抑えつけながら叫ぶ。

「これは、魔導干渉域《フース》か⁉」

魔導式が折り重なり生命として成立している幻獣は当然、魔導干渉域《フース》の影響を受ける。

騎手の魔導干渉域《フース》で幻獣が潰れないのは発生器が波長を調整しているからだ。それ以外の魔導干渉域《フース》に触れれば、幻獣の根幹魔導式は分解されてしまう。だからこそ〔炎槌騎士団〕はチェルノート城が作る魔導干渉域《フース》の外で待機していたのだ。

だがもし、魔導干渉域《フース》発生器を暴走させることができたのならば。

発生器の自壊を代償に、干渉域の範囲は極限まで広げることができる。

果たして、その仮説を肯定するように————幻獣たちが魔力へと還元された。

突如として足場を失《な》くした騎士たちは、地上６００米《メートル》に投げ出され——そして自然の摂理に従い落下した。「ぐぉ⁉」予想外の出来事にアンドレたち炎槌騎士団は狼狽《ろうばい》する。狩りをしているつもりが、いつの間にか自分たちの足に罠《わな》が絡《から》みついていたのだから。

しかし、

「なるほど」

同じく宙に投げ出されたリチャード・ラウンディア・エッドフォードは、むしろ喜ぶかのように口角を上げていた。

この展開は悪くない――とでも言うように。

リチャードは暗く静まり返ったチェルノート城を見つめて呟く。

「あくまでも抵抗するのだな」

◆◆◆◆

「公女様ぁ！　騎士が落ちてきますぜ！」

エリザベートの隣でエンゲルスが叫んだ。

その額にはマリナが用意した夜闇を見通す眼鏡《暗視ゴーグル》が載っている。

二人がいるのはチェルノート城の城壁の上だった。

戦況を把握するため、黒い外套《がいとう》を羽織って胸壁に身を隠していたのだ。

作戦の第一段階はクリア。

これで万が一のことがあっても、町人たちを避難させられる。流石《さすが》に騎士と言えども幻獣から降りれば、そこまで足は速くはない。森に入ってしまえば逃げ切れる。

だけど――

エリザは背後を見やった。

城壁の上からでも、城内に避難した町人たちの姿が見て取れる。彼らは窓際《まどぎわ》に集まってこちらの様子を見守っていた。表情までは見えなくとも、互いに身を寄せ合う姿からは彼らの不安が伝わってくる。

だというのに。

恐《こわ》いはずなのに。

誰一人として、逃げようとしていない――――！

ならば、

「マリナさん！」

エリザの念話を受けて、正面エントランスの扉が開かれた。

魔導灯《シャンデリア》の逆光の中で佇《たたず》むメイドの影に、エリザは命じる。

「お客様のお相手をッ」

『あいよッ！』

——瞬間、雷光が如《ごと》く黒い影が飛び出した。

飛び出したのは白黒《モノクロ》のメイド服。

天馬《ペガサス》と見紛《みまが》う速さで駆けるマリナは、広場の中ほどでいきなり跳躍——そのまま、城壁を飛び越えた。

ふと、エリザは思い出す。かつてこうして、戦いに赴く人を見送ったことを。

その人——父、ブラディーミア十三世はそのまま帰らぬ人となってしまった。

封じ込めていたはずの哀《かな》しみが心をよぎる。

エリザは願う。

今度こそ、大切な人を失わぬように——と。

◆◆◆◆

城壁を何かが飛び越えてくる。

ガブストール・アンナローロは落下しながらも視力を上げて、その姿を確認する。黒いロングスカートのワンピースに白いエプロン。片眼鏡《モノクル》に赤髪。例の魂魄人形《ゴーレム》メイドだ。

生きていたのか。

そう驚くと同時に、ガブストールは違和感を覚える。

魂魄人形《ゴーレム》は汎人種《ヒューマニー》より少し身体能力が高い程度で、城壁を一息に飛び越えられるほどではなかったはず。主人《あるじ》からの個魔力《オド》でムリヤリ強化しているのか。それに肩に担いでいる〝アレ〟はなんだ？　巨人種《ギガンツ》が扱う戦槌《メイス》が如き巨大な鉄塊。自身の身体《からだ》の5倍はあろうソレを軽々と振り回すなど、まるで騎士ではないか。

そして魂魄人形《ゴーレム》メイドは、着地と同時に戦槌《メイス》の切っ先を炎槌騎士団へ向ける。

――何か仕掛けてくる。そう直感した。

だが、俺にはカ、イ、ン、デ、ル、がある。

ガブストールは背中に掛けていた長槍《ちょうそう》を構えた。と、同時に槍《やり》へ個魔力《オド》を流し込み、固有式を起動させる。

その槍の名は【輝槍《きそう》・カインデル】。

固有式は【限定予知】――敵の攻撃を予知し、所有者へ伝える魔導式。

槍の柄についた金環が回転し始め、近似並行世界線全てと同調。所有者の因果律から敵の攻撃を逆算する。――途端、視界に浮かび上がる光点。それは【限定予知】によって導き出された敵の攻撃がやって来る場所だ。

「ニコライ、狙われているぞ」

「ったく、俺からかよ……」

そう吐き捨てながら、ニコライ・ジャスティニアンも自身の魔導武具の固有式を起動させる。彼の魔導武具は【不滅剣・デュリンダーナ】。【概念忘却】によって『壊れる』という概念そのものを忘れた魔剣は、その太い身幅を利用すれば決して砕けぬ盾にもなる。どんな攻撃が来ようとも問題ないだろう。

と、

「む、こちらもか」

ガブストールの目の前にも光点が現れる。今度は三つ。例の鏃《やじり》を吐き出す武具か。

「鏃など、魔導士はともかく騎士に通用すると――」

そう言いかけたガブストールの言葉が止まった。

一つ、二つと増えていた未来を示す光点。

今やその数は、視界を埋め尽くすほどに膨れ上がっていた。

――なんだ、これは。

その光点の正体をガブストールが知ることは、終《つい》ぞなかった。

何故《なぜ》ならば。

未来を示す光点の向こう側から現れた鋼鉄の鏃。

視界を埋め尽くすほどの矢が、彼の甲冑《かっちゅう》を喰《く》い破ったからだ。

甲冑の〔結合強化式〕の弾性限界を超えて貫いた鏃は、硬い甲冑の中で跳弾を繰り返し、柔らかい中身を液体が如く撹拌《かくはん》する。それでもなお衰えぬ運動エネルギーが出口を求めて溢《あふ》れかえり、甲冑の先端——首と手足へ集中し、
そして「ボギュン」と。

小気味よい音と共にガブストールだった首が、手足が、花火のように爆裂した。

「ガブス——」

戦友の末路に驚き、思わず剣を下げた愚か者《ニコライ》の頭が吹き飛ぶ。

〔炎槌騎士団〕へ降り注ぐ鏃の豪雨は、騎士からの個魔力《オド》の供給を失った不滅剣をも砕き貫いて、それでもなお降り注ぎ続けた。

その降水量は毎分３９００発。降り注ぐのは劣化ウラン弾芯の竜の牙。

牙の名を30㎜徹甲焼夷弾《ＡＰＩ》。

牙を放つは全長６ｍを超える鉄塊。

其《そ》の名はＧＡＵ－８——

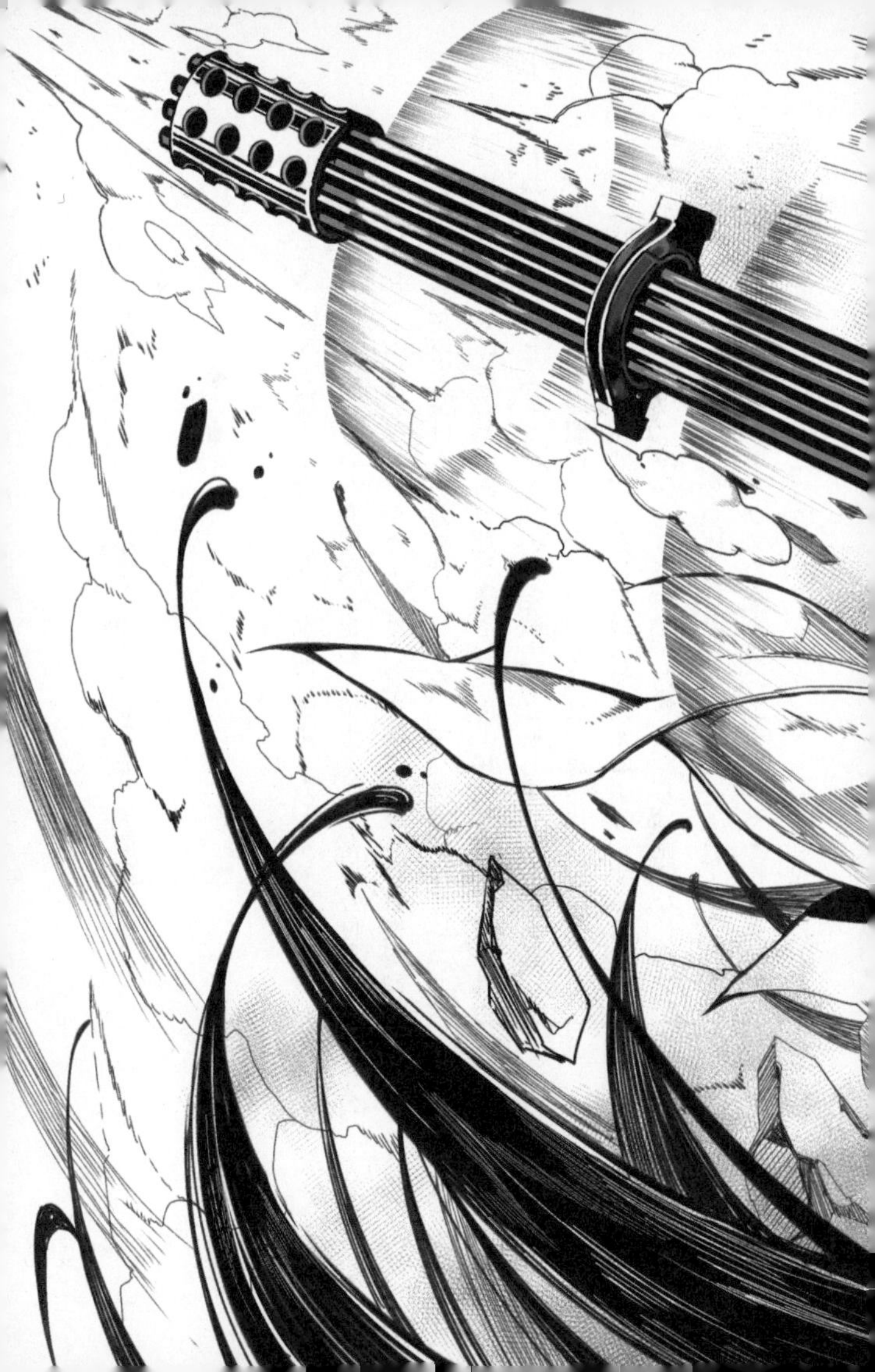

——義《アヴェンジャー》によって逆襲を成す機関砲である。

◆◆◆◆

果たして、四人の騎士は轟音《ごうおん》と共に地面に墜落した。

マリナは右肩に担いでいた機関砲を止め、騎士たちが落ちた位置を見つめる。

GAU－8——『アヴェンジャー』は、航空機に搭載される機関砲だ。

戦車の上部装甲を貫ける威力を持つソレを、マリナはかつて『ニッポン』で陣地防衛のために流用していたことがあった。墜落したA－10攻撃機から取り外し、対空砲として使わねばならぬほど『ニッポン』の対空戦力は払底《ふってい》していたのである。

——だがそんな苦い記憶も、今となっては良い思い出。

その時の経験がなければ、こうして担いで扱えるようにすることもできなかったからだ。

だが何より、シュヴァルツァーが手配した職人たちは完璧な仕事をしてくれた。弾倉を肩に担げるよう馬車職人が台座を作り、鍛冶職人たちは七本の銃身を支えるアームと引き金《トリガー》を作った。何よりダリウスの魔導式によって軽々と持ち運べ、反動もせいぜいショットガン程度。魔導式が『ニッポン』にあれば、と悔しく思うほどだ。

――ふと、背後から歓声があがった。マリナが渡した暗視ゴーグルで状況を見守っていた何人かだろう。

そしてマリナの頭に念話が届く。

『やりましたマリナさん！　本当に騎士を倒せました！　これで――』

マリナはそれには応えず、スカートから単眼暗視装置を生み出し確認する。

見つめるのは、土埃《つちぼこり》が上がる墜落地点。

「いや、まだだ」

『――？　マリナさん、何か』

不思議そうなエリザの念話には答えず、マリナは空いている左手だけでスカートの中からＲＰＧ－７を生み出し――間髪入れずに発射した。

数百メートルの距離を瞬時に喰らい尽くし騎士の落下位置へと飛びかかる対戦車弾頭は、――突如として現れた雷《いかづち》に撃ち落とされた。

成形炸薬《ＨＥＡＴ》の爆風の向こうを見つめて、マリナは呟《つぶや》く。

「流石《さすが》バケモノどもだ、期待を裏切らねえ」

『マリナさん、アレ……』

エリザも気づいたのだろう。

念話から驚愕《きょうがく》と恐怖の感情が伝わってくる。

マリナは自身も感じるソレを振り払うように、ニヤリと笑った。

「――まさか、30ミリでも抜けねえとはな」

闇を祓《はら》う一筋の雷光。

その向こうから、二人の騎士が現れる。

◆◆◆◆

「リチャード様、ご無事ですね？」

アンドレは雷神槌《ミョルニア》を構えたまま、背後の主人《あるじ》へ問う。

対して彼の主人――リチャードは「あまり馬鹿にするなよ、アンドレ」と笑った。

「だが礼は言おう。――友よ、助かった」

「当然のことをしたまで」

言って、二人は小さく笑い合う。

だが、明るい声色とは対照的に、その双眸《そうぼう》は油断なく敵を見据えていた。

既に、騎士二人に油断はない。

その敵——メイドの格好をした魂魄人形《ゴーレム》は、仲間の騎士を殺した魔導武具の切っ先をこちらに向けたまま動かない。かの魔導武具の固有式がいかなるものかは分からないが、鏃にも似た何かを大量に放出したのは見えた。その速さは騎士の眼《め》をもってしても捉えることが難しく、避《よ》けるなどもってのほかだ。おそらく音の速さの数倍はあるだろう。

そして何より、その鏃は大騎士クラスの〔騎士甲冑《サーク》〕を貫くことができるらしい。

アンドレは自身の〔騎士甲冑《サーク》〕への衝撃を思い出す。甲冑を貫くほどではなかったが、一撃一撃ごとに〔結合強化式〕に負担がかかり大量に個魔力《オド》を消費してしまった。何の対策もせずにあの鏃を浴び続ければ、貴族といえどいずれ個魔力《オド》が枯渇《こかつ》してしまうだろう。

あれはもはや——ただの家畜ではない。討ち滅ぼすべき魔獣だ。

「アンドレ」

背後でリチャードが炎剣《レイバテイーネ》を抜き放つ。

「アレは、俺がやる」

そう言った主人を、アンドレは片手だけで制した。

「いえ、リチャード様。ここは私にお任せください」

「お前一人でか？」

リチャードの問いに、アンドレは無言で頷《うなず》く。

相手は大騎士二人を屠《ほふ》った強敵。本来であれば二人で対処すべき敵。

だが、リチャードとアンドレは相性が致命的に悪かった。

問題は二人の固有式。

どちらも広範囲へ効果を及ぼすものであり、協力して戦うとなればどうしてもお互いの魔導干渉域《フィールド》が邪魔をしてしまう。魔導干渉域《フィールド》は固有式の先端に触れただけで内包する魔導式に干渉《ノイズ》――その発生源まで遡って成立を阻害する。一瞬の隙が命取りになる戦場《いくさば》で、それは致命的だ。二人の本来の相方はニコライとガブストールであり、彼らであれば互いの魔導式を阻害せずに連携も取れた。だが彼らが討たれてしまった以上、それぞれが単独で戦う方がマシ。

であるならば――自分は身を引き、その勝利を目に収めるべきなのだろう。

実力で勝るリチャードに任せた方が確実だと、アンドレ自身も理解している。

――だが。

と、アンドレは己《おの》が不遜を告げる覚悟を決めた。

「リチャード様。どうか、私の我儘《わがまま》を聞いてはくださいませんか？」

私は誓ったのだ。

「私は鉄壁の紫雷――アンドレ・エスタンマークでございます。この身はリチャード様の盾。リチャード様の道を照らす雷光。主人に守って貰《もら》ったなどとなれば、一族に合わす顔がありませぬ」

彼――リチャード・ラウンディア・エッドフォードにこの身を捧《ささ》げると。

アンドレは思い出す。家格がモノを言う貴族社会で、彼がただの騎士侯の子供と対等に接してくれたことを。「信頼できる男が欲しい」と戦場へ連れ出してくれたことを。結果を正しく評価し、副官として取り立ててくれたことを。

そして何より、この身を『友』と呼んでくれたことを。

アンドレ・エスタンマークは返しきれないほどの恩義を、リチャード・ラウンディア・エッドフォードから受けている。

であるのに。

敵に背を向け、主人に守って貰うなど、どうしてできようか――――!!

それは、アンドレにとって自身の否定。なにがあろうと譲れぬ一線。

そして、

「ふ――」

アンドレの背後で、リチャードが小さく笑った。

「……思えば、お前が我儘を言ったことなど一度もなかった。――であれば、その奉公に報いるために敢《あ》えて試練を課すべきか」

「！　リチャード様、では」

アンドレの問いに、リチャードは鷹揚《おうよう》に頷く。

「征《ゆ》け、我が友よ」

「御意！　――あの不埒《ふらち》なメイドに誅伐《ちゅうばつ》を‼」

宣言。

――そしてアンドレは弾《はじ》け飛ぶように突進した。

その速さはまさに雷光。アンドレが巻き起こす衝撃波が、雨に濡《ぬ》れた土に津波を起こす。

標的は正面、リチャード様へ仇為《あだな》す魂魄人形《ゴーレム》メイド。

迫り来るアンドレから逃れるように、メイドは背後へ跳躍。こちらを追い払うようにスカートから鉄帽子を生み出してこちらへ投げつけた。

アンドレは雷神槌《ミョルニア》で鉄帽子を打ち払い――その陰から大量の黒い筒が現れる。

瞬間、閃光《せんこう》がアンドレの目を焼いた。

「――ッ」

——これはリチャード様が町で受けた目くらまし！

アンドレの足が止まった途端、メイドの持つ鉄塊が咆哮《ほうこう》する。

まるで竜の吐息《ドラゴンブレス》。竜の口から吐き出される鏃《やじり》の豪雨がアンドレの〔騎士甲冑《サーク》〕を叩《たた》く。

一撃一撃がまるで騎士槍《ランス》による突撃《チャージ》のようだ。更には〔騎士甲冑《サーク》〕に弾かれた鏃すらも〔燃焼式〕に似た発火現象をみせる。衝撃と燃焼。その二つが〔騎士甲冑《サーク》〕の〔結合強化式〕に負担をかけ、際限なく魔力を消費させる。

これを延々と続けられては、いずれこちらの個魔力《オド》が尽きる。——それが狙いか。

「ならば——ッ」

この身は鉄壁の紫雷。相手がこちらから距離を取るというのならそれを逆手に——‼

アンドレは雷神槌《ミョルニア》に個魔力《オド》を注ぎ込み、一つの固有式を起動させる。

「——雷《いかずち》よ。私を束縛する城壁となれッ！」

途端、アンドレを中心とした上空と地上に魔導陣が展開された。

直径100米《メートル》を超える巨大な魔導陣。それがアンドレと——そして地を駆けるメイドを挟むように、天と地へ広がったのだ。

二つの魔導陣は雷神槌《ミョルニア》の固有式によって生み出されたもの。

上空の魔導陣は負の電荷を持った雷雲を形成し、同時に地上の魔導陣は地中の正の電荷

を集める。強烈な電位差を持った二つの魔導陣。その間には凄絶な電圧がかかり、
そして——

「——昇雷《しょうらい》!」

アンドレは、雷神槌《ミョルニア》を地上に叩《たた》きつけた。

雷神槌《ミョルニア》から地上へ流れ込んだ大量の電流がトドメとなって、絶縁体である大気が破壊される。二つの魔導陣の間に放電現象が起こり——

そして地上から天空へと数百もの雷が屹立《きつりつ》した。

固有式——【雷檻城塞《らいかんじょうさい》】。

それは自身の周囲100米《メートル》に稲妻の檻《おり》を展開し、攻防一体の城壁と成す固有式。

あらゆる物理的攻撃は超高電圧の雷撃によって蒸発させられ、効果範囲内にある全てを焼き尽くす。

なおかつ魔導陣が作り出すのは、あくまで強烈な電位差のある環境——立ち昇る雷そのものは自然現象であるために、騎士の〔魔導干渉域《フィールス》〕をもってしてもこの雷の檻を破ることは叶《かな》わない。不用意に飛び込めば、〔騎士甲冑《サーク》〕と共に焼かれるだけだ。

これこそがアンドレ・エスタンマークの切り札。

『鉄壁の紫雷』の二つ名を戴《いただ》くに至った絶技である。

これで生意気なメイドを――アンドレは消し炭になったメイド服を探す。

が、

「――それは、存じております」

「な――!?」

雷の檻の中で、メイドは何事もなかったかのように佇《たたず》んでいた。

無論、そこは【雷檻城塞】の効果範囲内。

であるというのに、一発の雷撃も受けていない。

――馬鹿な。雷撃の柵がメイドに道を譲るように避けているだと?

アンドレは答えを求めるように周囲を見渡し、ふと、自身の足下に突き立てられた金属の鉤爪《かぎづめ》を見つけた。その鉤爪には金属の縄《ワイヤーロープ》がくくりつけられており、その縄は真っ直ぐにメイドへと伸びている。

――まさか、

固有式【雷檻城塞】が生み出す雷は魔力で生成したものではなくただの自然現象。そのため、騎士の魔導干渉域《フース》では防ぐことができない。

つまり、そのままでは雷撃がアンドレへも牙《きば》を剝《む》くことになる。

故に、この固有式には発動者《アンドレ》を守るための仕掛けがあった。

発動者本人と、その周囲半径６米《メートル》。この範囲だけは上空と地上、そのどちらの電位からも保護された空間が形成されているのだ。仮にこれをマリナの世界の常識に当てはめるならば、静電遮蔽のように周囲の電場から隔離されているようなもの。電位差が電圧を生み電流が流れる以上、その空間だけは雷が立ち昇ることはないのだ。

そしてその効果は、魔導陣に触れている全てに適用される。

つまり地面に刺さった鉤爪を通じて、メイド自身も電位の加護を得ているということ。金属の縄《ワイヤー》を通じて地面にも同様の効果が現れるため、メイドの身体が金属の縄《ワイヤー》に一箇所でも触れている限り、奴《やつ》には雷撃は当たらない――！

奴めどこでこの特性を。いやそれよりも、いつの間にこんなものを用意して――

そのアンドレの視界に焼け焦げた鉄帽子が目に入る。

――あの時か‼

鉄帽子を投げつけたのは、閃光を放つ黒い柄を隠すためと思っていた。だが、それすらもブラフ。本当は閃光に隠れて金属の縄《ワイヤー》を張ることが本命！

――メイドがこちらへ戦槌《せんつい》の先端を向け、こちらに向かって駆けだした。

アンドレは雷神槌《ミョルニア》を構えてメイドを睨《にら》みつける。

視線の先で雷撃の林を割って駆けるメイドがスカートを翻《ひるがえ》す。そこから槍《やり》のような鉄棒を生み出し、先端をアンドレへと向けた。

あれは、町でリチャード様を狙った〔爆裂式〕仕込みの鏑矢《かぶらや》！

アイツの狙いはソレか。何度も放ってくるということは、恐らく〔騎士甲冑《サーク》〕を貫く自信があるのだ。遠距離では避《よ》けられてしまう鏑矢も、至近距離でならば当たると考えたか。

鏑矢が放たれる。

しかし、

「近づいたところでぇッ！」

放たれた鏑矢を、アンドレは身を捻《ひね》るだけで避けてみせる。

音の速さを超えぬ矢など、どれだけ至近であろうと当たりはしない。

アンドレはそのまま雷神槌《ミョルニア》をメイドへ叩きつけようと振り上げ——

——それを片眼鏡《モノクル》の奥の瞳が笑った。

「それも、存じております」

アンドレの背後で、鏑矢が爆発した。

避けられることを前提に設定された時限信管によって起爆したＴＢＧ－７Ｖ《サーモバリック弾頭》。ばら撒《ま》かれた気化燃料の炎がアンドレを包み込む。無論、この程度の爆圧と熱では〔騎士甲冑《サーク》〕の守りは破れはしない。

だが――アンドレの視界は炎によって奪われた。

「やはり贈り物は――」

赤い髪と丸い片眼鏡《モノクル》が、炎を割って現れる。

その左手には鏑矢の先端が握られて、

「――手渡しするのが礼儀でございましょう」

鏑矢の先端が、アンドレの胸元へ叩きつけられた。

――それは異世界《ファンタジア》でRPG－7と呼ばれる兵器の弾頭。

強化された魂魄人形《ゴーレム》の腕力をもって〔騎士甲冑《サーク》〕に叩きつけられた弾頭は、信管の圧電素子によって成形炸薬《HEAT》を起爆。爆発はモンロー・ノイマン効果をもってメタルジェットを形成。およそ260㎜の装甲板を貫くソレが〔騎士甲冑《サーク》〕の〔結合強化式〕の弾性限界を突破してアンドレの胸に大穴を空けた。

穴から内部へ侵入したメタルジェットと高熱のガスが〔騎士甲冑《サーク》〕の中身を焼き尽くす。

――果たして雷鳴は止《や》み、地上に静寂が戻った。

◆◆◆◆

爆風の中から立ち上がり、マリナは右手だけで機関砲《アヴェンジャー》を構え直した。

左肘から先は、手の中で榴弾《りゅうだん》が爆発したことで喪《うしな》ってしまったが、魂魄人形《ゴーレム》の身体《からだ》は出血もしないから問題はない。不思議なことに痛みだけはたっぷりと感じるのが、少しだけ困ったところだ。

マリナは口の中に入った泥を吐き捨てる。

――ひとまず、ここまでは作戦通り。想定の範疇《はんちゅう》で事を進められている。

万が一、GAU－8《アヴェンジャー》の砲撃でも雷を放つ騎士《アンドレ》を排除できなかった時の策も上手くはまった。遠距離からの砲撃で煽《あお》り、早期決着を図って【雷檻城塞《らいかんじょうさい》】を生み出した敵に接近戦を挑む。それがダリウスとの協議で見出《みいだ》した、アンドレに勝つ唯一の道だった。

マリナがそれに気づけたのは、似たような敵と戦うメイドの漫画《コミック》を読んだことがあったからだ。やはり武装戦闘メイドは素晴らしい。こうしてオレのことも助けてくれたのだから。

そう――わざと戦闘以外の思考を巡らせ、マリナは精神を落ち着かせる。

なにしろ、ここからが問題だ。

マリナは残った赤いマントを羽織る騎士を見据える。夜風にマントをたなびかせ、兜《かぶと》の隙間《スリット》からこちらを見つめている。

ダリウスから聞いた名前は『リチャード』。

他の三人と比べ桁外れに強いという話だが、こちらもGAU－8《アヴェンジャー》の30㎜弾をスカートの中から無限に生み出せる。徹甲弾でひたすら体力を削れば勝てる可能性も――

――マリナの隣にリチャードがいた。

「――ッ⁉」

慌てて、マリナは斜め後方へと跳躍する。

――何だ今のは⁉　いつの間に横に立たれた？　全く行動の起こりが見えなかった。

あいつ、まるで瞬間移動でもしてきたような――

驚愕《きょうがく》しつつも、マリナは機関砲《アヴェンジャー》の砲口をリチャードへ向けなおす。

だが引き金《トリガー》は握れない。震える手が拒否している。

撃てば命はない。そうマリナの戦闘本能が告げていた。

対してリチャードは、マリナに何の興味もないかのように立ち尽くしていた。

その隙間《スリット》は、焼け焦げた地面に仰臥《ぎょうが》する騎士《アンドレ》へと向けられている。

「アンドレ――やはり、行かせるべきではなかった」

騎士の独り言が、マリナの耳にまで届く。

力なく悲嘆に暮れるその姿は、戦闘意欲など欠片《かけら》も感じられない。

しかし、

「ならば、せめて仇《かたき》は俺が取ろう」

兜が起こされる。

ゆらりと面の隙間《スリット》から覗《のぞ》く碧眼《へきがん》がマリナを見据え——

——次の瞬間には、機関砲《アヴェンジャー》の間合いの内側に踏み込まれていた。

砲口は既に、リチャードの背後。

迅《はや》——、

「——エリザぁッ！」

『うしろ、切って！』

マリナの意図を察したエリザが、ダリウスへ指示を飛ばす。

途端、GAU-8《アヴェンジャー》の後部に施されていた力の一つが消え去った。

引き金《トリガー》を握ると同時——マリナの身体が背後に吹き飛ぶ。

これまで〔力量変換式〕によって打ち消されていた反動がマリナを襲ったのだ。毎分3900発の速度で発射される30㎜徹甲焼夷弾《API》の反作用は、40kN《キロニュートン》以上。これは機関砲《アヴェンジャー》を搭載する攻撃機の、ジェットエンジン一基と同等である。

当然、機関砲《アヴェンジャー》と固定具で繋《つな》がったマリナは、その全てを受け止めて吹き飛ぶことになる。

急激なGと共に遠ざかっていく景色。ジェット機が如き速度でマリナはリチャードから距離を取る。白木の身体は今にもバラバラになりそうだったが、何とか持ち堪《こた》えた。これもエリザからの魔力供給のお陰か。

マリナはこちらをゆったりと見つめる白銀の騎士を睨《にら》む。

何だ今のは笑えねえ。あんにゃろ、どうしてこの泥土《でいど》の上をあんな速さで走れる。

――でもな、それでもやりようはあるんだよッ！

マリナは機関砲《アヴェンジャー》の砲口を下へと向け、そのまま引き金《トリガー》を握った。

〔力量変換式〕は後方のものだけが切られている。砲身のブレを抑える〔力量制御式〕は働いたままで、かつ、機関砲《アヴェンジャー》自体の重さも20分の1。マリナの体重を含めても成人女性二人分程度の重量。

つまり、使いようによってはジェットエンジンそのものとして使うことも可能――

咆哮《ほうこう》する機関砲《アヴェンジャー》は、その巨体ごとマリナを上空３００ｍまで引きずり上げた。

そのまま、マリナは地上にいるリチャードを狙うべく、白銀の甲冑を探す。

上から重力も上乗せして叩《たた》き潰して――と、そこでようやく気づく。

奴は、どこだ？

「どこを見ている、メイド」

「――ッ!?」

すぐ隣から聞こえた声。

マリナは確認もせずに引き金《トリガー》を握って、更に上空へと逃げる。

だが、それをリチャードは許さない。何もない空に平然と立っているリチャードは、マリナを見上げるとそのまま跳躍。マリナへと追いすがった。

――コイツ、なんで!?

マリナはスカートから手榴弾《しゅりゅうだん》をばら撒き、機関砲《アヴェンジャー》を水平に咆哮させた。爆発を盾にして、マリナは機関砲《アヴェンジャー》をエンジン代わりに強引に飛翔《ひしょう》する。

勝つためではなく――逃げるために。

だが。

爆風を斬り裂いて、白銀の騎士が空を駆け上がってくる。

その速度はミサイルが如き速さで飛ぶマリナと同等か、それ以上――

「チ、」

コイツどうして。

聞いてないぞ、こんなの。あいつからの情報には、何も！

——そう。

確かにダリウスはマリナへ、自身が知り得る〔炎槌騎士団〕の全てを伝えていた。

その中には当然、リチャードの能力も含まれる。それは随伴魔導士として側にいたからこそ知り得た確かな情報だった。

しかし逆に言えば、あくまでリチャードが戦場で見せたものだけとも言える。

ダリウスは知らなかったのだ。

そも、リチャードは戦場において自らの能力を全て使ったことなど一度もなかったと。

彼は徒《いたずら》に自身の能力を晒《さら》すことの危険をよく理解していた。故に、その場で負う傷と能力を知られるリスクを冷徹に天秤《てんびん》にかけ、その上で必要最低限の能力で勝利することを自らに課していたのだ。

その戦い方を支えていたのは、十三騎士《ラウンディア》の血を引くが故の、その膨大な個魔力《オド》。

それは〔炎剣《レイバテイーネ》〕のみならず、〔騎士甲冑《サーク》〕の能力をも向上させた。一般的な騎士が甲冑に刻む魔導式は、〔魔導干渉域《フース》〕、〔結合強化式〕、〔身体強化式〕を含めて5つほど。多くても10を超えることは稀《まれ》だ。それ以上は個魔力《オド》が枯渇してしまう。

対して、リチャードが〔騎士甲冑《サーク》〕へ刻み込んでいる魔導式の数は三十三。

戦場によっては更に魔導式を刻み込んだ〔騎士甲冑《サーク》〕を用意することもある。

そしてリチャードが今見せているのは、足の裏から個魔力《オド》を放出し、凝固させて足場とする魔導式。万が一、跨《また》がる幻獣が破壊された時のための、危急の備え。

誰にも見せることのなかった、奥の手である。

「――クソがぁ！」

マリナは新たにＸＭ84《スタングレネード》を48発を生み出す。

全てピンを抜いた状態で放られたそれは、即座に爆――

「それはもう見たぞ」――発する前に、リチャードはその全てを斬り捨てる。

だが、その僅かに足を止めた隙にマリナは機関砲《アヴェンジャー》をリチャードに向け30㎜徹甲焼夷弾《ＡＰＩ》を放った。しかし、劣化ウラン弾芯の徹甲弾は白銀の甲冑を欠片《かけら》も傷つけない。

――チクショウ、
マリナは機関砲《アヴェンジャー》から手を離す。右手でパンツァーファウスト3をスカートから生み出し、発射。首を反《そ》らすだけで避《よ》けられる。

――チクショウ、
バレットＭ82Ａ1を生み出して撃つ。リチャードは避けもしない。

――チクショウ！　こんなもんが効くかっ！　何をやってるんだオレは！

マリナはＭ82Ａ1を投げ捨て、再び機関砲《アヴェンジャー》の引き金《トリガー》を握った。無論、効果がないのは承知している。だが距離を取らねば死――

――――――機関砲《アヴェンジャー》の咆哮《ほうこう》が止んだ。

「――弾詰まり《ジャム》⁉」

「終わりか」

眼前に、騎士の兜。

その隙間《スリット》の向こうから、碧眼《へきがん》がマリナを見つめている。

瞬間、腹に突き刺さる衝撃。

それがリチャードの蹴りだと気づく前に、マリナは地上へと墜落した。

轟音《ごうおん》と共にまき散らされる泥混じりの土。あまりの速度に身体が地面へとめり込む。幸い魂魄人形《ゴーレム》の身体が壊れることはなかったが、身動きが取れない。

――早く、逃げなくては。

マリナは右腕を機関砲《アヴェンジャー》の固定具から引き抜く。

だが次の瞬間、落下してきたリチャードがマリナの両脚を切り落としていた。

「――ぐが、！」

下半身から駆け上がる、喪失の痛み。

「痛かろう」

リチャードが、感情の籠もらぬ平坦《へいたん》な声で告げる。

「それは魂が削られる痛みだ。人形《ひとがた》に錬成された魂は、蓄魔石が破壊されるまで、どれだけ素体が破壊されようとも死ぬことはできないそうだ。——さあ、愉《たの》しんでくれ」

右腕が切り落とされる。

「がぁ——、」

残っていた左肘から先を、細かく千切りにされる。

「つぅ、あ、ひぃ——」

ふくらはぎを踏みつけられ、砕かれる。

「じゃ、ぶが、は、は——」

腹に、剣を突き刺される。

何度も繰り返し、突き刺される。

「はぅあ、あッ、あッ、あッ、あッ、あッ、————」

何度も。

何度も。

何度も何度も何度も何度も何度も何度も何度も何度も何度も何度も何度も何度も
何度も何度も何度も何度も何度も何度も何度も何度も何度も何度も何度も何度も何

度も何度も――

素体の白木が砂になるまで粉砕されていき、その全ての痛みがマリナを襲う。

既にマリナにまともな思考はない。口はただ「あッ、あッ」と苦鳴を漏らすだけの器官に成り果てた。魂魄人形《ゴーレム》の身体《からだ》に脳髄がない以上、意識を飛ばして限界を超えた痛みから心を守ることもできない。際限のない痛みがマリナを苛《さいな》む。身体が１㎜ごとに薄く切り落とされていくような、痛みを超えた白い電流。今や〝痛み〟だけがマリナの総《すべ》て。

そして。

切り刻まれ続けた魂魄人形《ゴーレム》の身体が頭と胸だけになった頃、ようやくリチャードは剣を振り下ろすのを止《や》めた。

「良い悲鳴だ」

仲間の騎士が倒されてから一度も浮かばなかった笑みが、リチャードの口元に現れる。

「その痛みは我が同胞、そして我が盟友の痛みだ」

リチャードは炎剣《レイバテイーネ》を、空に掲げる。

「では我が友へのせめてもの手向けに、俺の最大の業《わざ》をもって貴様を葬《ほうむ》ろう。……その魂、一片とて冥界へなど落としてやるものかッ」

リチャードの個魔力《オド》が炎剣《レイバテイーネ》へ注ぎ込まれ、剣に埋め込まれた９つ全ての宝玉が光を放つ。途端、剣に亀裂が走り、太い刀身が扇のように五叉《また》に展開した。

「白火収斂《びゃっかしゅうれん》――」

リチャードが持つ膨大な個魔力《オド》が、五叉に分かれた刀身の間を循環する。逃げ場をなくして際限なく密度を増していく魔力は、当然の帰結としてその熱量も増大。やがて魔力そのものが熱を放ち始め陽炎《かげろう》のように空へ立ち昇り――長大な白炎の刀身を形作る。

その刀身の表面温度をマリナのいた世界の基準で表すならば――摂氏１５０万度。

極小の太陽が、剣の形を成してここに顕現した。

これこそが、炎剣。

通常状態の刀身はこの炎剣を封印する鞘《さや》なのだ。そして固有式を内包する９つの宝玉は錠前《リミッター》。かつて『炎の枝』とも呼ばれ――人魔大戦以来、リチャードが手にするまで誰も解放することができなかった炎剣本来の姿。

その剣先で撫《な》でられたが最後、肉体を構成する物質は蒸発し一陣のプラズマと化す。魂《こん》魄《ぱく》すら高密度の魔力によって純粋魔力へと昇華し、冥界の渦に逃げ込むことすら許さぬその刃《やいば》。その者が存在した痕跡をこの世だけでなく、あの世からも消し去る固有式。

故にソレを――【滅却式】と呼ぶ。

「恨むのなら、貴様を魂魄人形《ゴーレム》に変えた公女を恨むのだな」

元の数十倍のサイズにまで巨大化した炎剣《レイバテイーネ》を掲げ、リチャードはもはや残骸に等しいマリナを見下ろす。

答えなど期待していない、ただの宣告。

そしてその宣告が――魂魄人形《仲村マリナ》の意識を覚醒させた。

痛みは消えず、全身に硫酸が流れているようだった。今すぐ思考を放棄してしまいたい。全てを受け入れ諦めてしまいたい。耐えるのも、抗《あらが》うのも、ウンザリだ。

だが――、
公女を恨め、だって？

それは、聞き捨てならない。

「――冗談じゃ、ない」

マリナの口から、自然と言葉が漏れた。

「ほう、」リチャードは感嘆の声を漏らす「まだまともに話せるとは。魂だけの生命体と言えど、流石《さすが》にここまで痛みを与えれば心が壊れるかと思ったが、よほど強情な魂らしい」

「なに言ってる――。オレはな、幸せ、だよ」

「幸せ？」

リチャードは鼻で笑い、

「痛みに塗《まみ》れるのが、貴様の幸せなのか。貴様の主人《あるじ》はお前を盾にして、仲間の平民《かちく》どもは遠巻きに見ているだけ。自分たちに不幸が降りかからなければそれで良い。貴様の死で足りなければ、他の不幸な誰かを生贄《いけにえ》にして逃げ去る。誇りなぞ欠片《かけら》もない。そんな奴等《やつら》のために死ぬことが、貴様の幸せか？」

「そいつは、見当、違いだな」

マリナはリチャードの問いを、鼻で笑い返した。

「エリザはオレの希望、だ。人間も捨てたもんじゃ、ねえって、思わせてくれた……。オレ自身に絶望せずに、済んだ。それだけでオレには充分、だった。満た――された。だからッ！」

「もう良い、飽いた」

リチャードはマリナの言葉を遮り、炎剣《レイバティーネ》を振りかぶる。

「これより天罰を下す」

「――お言葉ですが、リチャード様」

マリナは精一杯、小馬鹿にした笑みを浮かべてみせる。

「天罰が下るのは、貴方《あなた》の方です」

「死ね」

そして天罰が下される。

◆◆◆◆

——時を戻そう。

エリザベート・ドラクリア・バラスタインは思い出す。

ほんの一刻前。作戦会議の前に、エントランスホールの端で話したことを。

◆◆◆◆

「マリナさん、少し作戦について質問があるんです」

そう、エリザが作戦内容についてマリナに問い質《ただ》した時のことだ。

事前にエリザが聞かされた内容は、騎士を倒す武器とその運用方法についてのみ。実際の作戦の流れに関しては大まかにしか教えて貰《もら》えず、肝心な部分は意図的に伏せられていた。そこに不穏なものを感じて確かめずにはいられなかったのだ。

エリザの疑問を察したのだろう。

マリナは「話しておくことがある」と前置きしてから、こう告げた。

「オレは、リチャードっつう騎士をできるだけ怒らせて——負けるつもりだ」

「負ける——?」

「そうだ」

マリナは頷《うなず》き、エントランスホール二階の壁に背中を預けてから説明する。

「まず前提として、正面からリチャードを倒す方法はない。つまり、オレはどうやったって負ける」

「マリナさん、何を言って……? だってこれは勝つための作戦じゃ、」

エリザがそう眉をひそめると、マリナは「まあ、最後まで聞けって」と苦笑する。

「どうにも聞いた話からすると、リチャードっつう騎士は他と比べても規格外の強さだ。そこに転がってるGAU-8《アヴェンジャー》でも甲冑《かっちゅう》を抜けないだろうし、榴弾を飛ばすだけの地対空ミサイルは論外。唯一甲冑を抜ける対戦車ランチャーの類はそもそも当たらないときた」

「ランチ?」

「要はオレが持ってる武器じゃ倒せないって話だ」

「じゃあ、どうするんですか?」

「簡単だろ。正面から倒せないんなら、正面から倒さなきゃいいんだ」

「それは……そうでしょうけど」

そもそも、それが困難だから正面から戦うことになっているのではないか。

マリナが持つ異世界《ファンタジア》の武器は、爆音を立てて飛翔《ひしょう》するものばかり。優れた五感を持つ騎士の隙は突けない。だから仕方なく、正面から〔騎士甲冑《サーク》〕を貫くために用意したのが『あべんじゃー』という鉄塊なのではないか。

「だから、怒らせるのさ」

エリザの問いにマリナは「ニィッ」と犬歯を見せる。

「オレは奴からできるだけ恨みを買う。『ただ殺すだけでは納得できない』と思わせる。ぶん殴って、ぶっ飛ばして、指を落とし目を抉《えぐ》り舌も歯も抜いて、散々拷問した上で反省を促し、涙ながらに『ごめんなさい』と命乞いするオレを焼き払いたい。そう思わせる」

「――、」

「その怒りが、大きな隙になる」

「そんなこと……」

エリザは言葉を失う。

この娘《こ》は、自分が何を言っているか分かっているのだろうか。

今、彼女が口にした拷問の内容は、彼女自身が受けることになる痛みだ。指を落とされ目を抉られ歯と舌を抜かれるそれを、平然と『必要だから』と受け入れられる精神性が、エリザには理解できなかった。

唖然《あぜん》とするエリザの表情をどう読み違えたのか、マリナは「心配すんなよ」と笑った。

「騎士団の中には奴の親友がいるんだと。オレはそいつを殺す。自分が奪う側だと思ってる奴ほど、奪われた時には激怒するもんさ。……安心しろって。奴は必ず、オレをいたぶる。そして奴がオレにトドメを刺そうと、炎剣《レイバテイーネ》とやらの固有式を発動させたら――」

マリナはそこで言葉を切り、黒いスカートをたくし上げる。そこから生み出したのは、今朝も見た黒い鉄の筒。

それを壁に立て掛け、エリザに親指でそれを指し示した。

「――エリザ、お前がコレで奴を倒せ」

◆　◆　◆　◆

エリザは記憶の海から現在へと意識を浮上させた。

チェルノート城の城壁。その胸壁の陰に、エリザは身を潜めている。

──噛《か》んだ唇から血が流れる。

その赤色を見て、隣で身を隠しているエンゲルスが「こ、公女様……」と何か言いたげに口を開いたが、今のエリザにはそれを察してあげられるほどの余裕はない。

耳の奥で響くのは、悲鳴だ。

『──ぐが、!』『があ──、』『つう、あ、ひぃ──』『じゃ、ぶが、は、は──』『はぅあ、あッ、あッ、あッ、あッ、あッ、────』

激痛に苦しむマリナの悲鳴。

それは空から墜落したマリナが、リチャードに切り刻まれていく断末魔だ。

念話は彼女の悲鳴を余すことなくエリザへと伝達する。

しかしエリザは為《な》す術《すべ》もなく聞き続けることしかできない。その悔しさが、噛みしめた唇から鮮血となって溢《あふ》れ出していた。

しかし、これは事前の打ち合わせ通り。

エリザ自身も「それじゃマリナさんが死んじゃいます！」とは言ったが、最終的には認めたこと。リチャードという化け物を倒すために、必要なことだと。

エリザは聞こえる悲鳴を噛みしめて、自らが担ぐ異世界の武器《メイド・イン・ファンタジア》の、覗《のぞ》き穴の先にリチャードの姿を捉えた。

その武器の名は、〇一《まるひと》式軽対戦車誘導弾。

──通称『ラット』。

非冷却式の赤外線センサーと夜間照準器まで備えた対戦車兵器である。

二重成型炸薬弾頭《タンデムHEAT》は厚さ600㎜以上の均質圧延鋼装甲《RHA》をぶち抜き、自律式誘導弾は対象の赤外線を捉えて自ら2㎞先の標的へと飛翔《ひしょう》する。歩兵が持てる最大火力の一つだ。

だがこれは本来、騎士に通用する武器ではない。

飛翔速度は音速に遠く及ばず、爆音を発し、赤外線誘導は対象が戦車並みの熱を発していなければ使用できない。人間大のバケモノに使えるものではないのだ。

それでもなお、バケモノにネズミの顎門《あぎと》を届かせたいならば。

その足を止めさせ、

爆音に気づかぬほどの怒りを抱かせ、

高熱源を発する武器を抜かせるという無茶を通す必要がある。

──それはつまり。

友を殺されたバケモノの憤怒《ふんぬ》を受け止める〝誰か〟がいるのであれば──

〇一式軽対戦車誘導弾《ラット》は、猫を噛み殺す窮鼠《きゅうそ》となり得るということ──!!

覗き穴《スコープ》に映る景色の中で、リチャードが炎剣《レイバテイーネ》の真の姿を解放した。

太陽にも匹敵する熱を持つという白き炎の刀身。刃は魔力で編まれた断熱膜に包まれているというのに、それでもなお、熱が周囲の大気を揺らめかせている。

その熱を『ラット』の赤外線センサーが捉えた。

照準が固定《ロック》、発射準備が整う。

異世界《ファンタジア》の武器には扱いに習熟が必要なものが多いというが、この『ラット』という武器は比較的操作が簡単。しかも〔爆裂式〕が仕込まれた鏑矢《かぶらや》は勝手に狙いをつけて飛ぶという。これならばエリザでも外すことはない。

リチャードというバケモノを倒すことができる。

無論それだけならばエリザがやる必要はない。一人で扱えるとはいえ『ラット』は重く、それにリチャードが見える位置にいなくてはならない以上、常に死と隣り合わせ。力のあるエンゲルスや、戦闘に慣れたダリウスに任せるという判断もあったはず。

しかしマリナは『ラット』をエリザに託した。

それはエリザベート・ドラクリア・バラスタインという少女が、本物の領主になるために必要なことだからだという。

父の言葉が、エリザの脳裏に甦《よみがえ》る。

『貴族は民草の幸せのために戦えるからこそ貴《とうと》いのだ』

つまり、それを示せということ。

エリザが敵を倒す姿を、背後の城内で怯《おび》える民草へ見せつけろと。

わたしが領主なのだと宣言しろ——そう、ナカムラ・マリナは言っているのだ。

——だけど、こんなこと。

そうエリザは覗き穴《スコープ》の向こうを見やり、更に唇を噛みしめた。

エリザの視界には、手足を失って上半身だけになったマリナと、それを見下ろすリチャードの姿がある。念話からはマリナが感じる痛みだけが伝達され、もはや意味を成していない。わたしが本物の領主になるためだけに、これほどの苦しみを課さねばならないのだろうか。その想《おも》いが、エリザを苛《さいな》んでいた。

「公女さん」

エリザの姿を見かねたのだろう。声をかけたのは、かつて魔獣使い《ビーストテイマー》としてエリザを襲ったダリウスだった。

ダリウスがエリザの肩に手を置いて囁《ささや》く。

「待つことはない、やりましょう」

「……」

「やれるんでしょう？　その武器なら」

「いえ……まだです。合図が来てません」

エリザはその言葉を肺腑《はいふ》から絞り出す。

打ち合わせでは、放つ合図はマリナが出すことになっていた。なにしろ一度きりの大勝負。失敗は許されない。故に、最も近くでリチャードの意識を探れるマリナが合図を出すというのは至極当然の判断ではある。

——しかし。

まだか。

まだなのか。

もしや、と思う。

マリナは既に合図など出せる状況にないのではないか。手足全てを失い、拷問以上の責め苦を受けたのだ。もはやまともな判断力など残っていないのかもしれない。もしそうならば、合図を待っているうちにマリナは炎剣《レイバテイーネ》によって消し炭にされてしまう。

エリザは『ラット』の引き金《トリガー》を握ろうと——　『冗談じゃ、ない』——声が聞こえた。

エリザを引き留める念話。

どうやらエリザの発射しようという意図が、念話によって伝達されてしまったらしい。

『まだだ。まだ、アイツの意識がオレだけに向いていない』

「でも――」

『チャンスは一度しか、ない。中途半端《ちゅうとはんぱ》なことを、するな』

マリナという少女の感じる痛み――全身を無数の杭《くい》で串刺しにされるような痛みが、念話を通じて漏れ出してきていた。

これほどの苦痛を味わいながらこの少女は、

それでもまだ、わたしを本物の、の、領主にしようとしている――!!

「ごめんなさい」

この謝罪は偽善だと分かっている。

提案したのはマリナでも、それを承諾して指示したのはエリザ自身だ。

そのくせに、今更になって許しを請うなど、傲慢も甚だしい。

けれど――

それでも、口から漏れてしまうものもある。

「こんな辛いことをさせて、わたしは……」

『なに言ってる——。オレはな、幸せ、だよ』

微笑《ほほえ》むような念話の言葉。エリザを安心させようとしているのだろう。

だが念話はマリナの感情だけでなく、感覚の一部もエリザへ伝達する。マリナが今なお晒《さら》されている全身が溶けるような痛み。それがエリザには手に取るように分かる。

「でも！　このままじゃマリナさんが本当に死んじゃいますッ！」

『そいつは、見当、違いだな』

オレは死なない、と。マリナは笑う。

「どうして⁉」

『エリザがオレを助けてくれる、からだ』

マリナの念話に『発射準備』の意図が滲《にじ》む。

エリザが隣にいるダリウスに軽く頷《うなず》いてみせると、意図を汲《く》んだダリウスは「いつでも」と頷き返す。

それは『ラット』へ仕込んだ〔音響制御式〕の起動確認。これにより発射機と弾頭そのものが発する音の全ては、〔音響制御式〕に呑《の》まれて消える。五感がどれだけ優れていようとも、〔魔導干渉域《フーース》〕によって〔音響制御式〕が破られるまでは弾頭の接近に気づくことはない。

最終確認を終えたエリザは、マリナからの合図を待つ。

念話から流れ込んでくるのはマリナという少女の心。

痛みで混濁した少女の意識と言葉が、エリザの脳内に響いて冒してくる。もはやマリナには、意識から言葉だけを選別して伝達することすらできないのだろう。それだけの痛みと苦しみに耐えているのだ。

エリザは魂の濁流の中に潜む合図を見逃さぬよう、意識を集中させた。

念話が届く。

『エリザはオレの希望、だ。人間も捨てたもんじゃ、ねえって、思わせてくれた……。オレ自身に絶望せずに、済んだ』

心の濁流にマリナの記憶が混じる。

それは絶望の記憶。

仲村マリナという少女が、自分自身に殺意を抱くまでの記録だ。

初めて人を殺した時の恐怖、
分かり合えた敵兵を処刑した苦しみ、
仲間に庇《かば》われ自分だけが生き残った寂しさ、
命がけで救った人々が次の日には黒焦げになっていた虚無、

騙《だま》し、騙され、
殺し、殺され、
奪い、奪われ、
そうしなくては生きることができない人間に、
死にたくないからと同じことをする自分自身に、
生き物の在り方に、世界の在り方に、存在する全てに、
絶望して、心を殺して、「今更なんだ」「それが世界だ」「夢など見るな」「それが大人になることだ」と冷笑して、誤魔化《ごまか》し続けて。見下していた〝卑怯《ひきょう》者〟に成り下がって。
そうして仲村マリナは、自分自身が大嫌いになった。
こんなヤツの手は切り落としてしまえばいい、足など砕いてしまえばいい、目を抉《えぐ》って舌も歯も抜いて脳髄をかき回し糞尿《ふんにょう》を撒《ま》き散らす肉袋をミキサーにかけて挽《ひ》き潰して野良犬に喰《く》わせてしまえ。オレ自身の悲鳴を聞くことが、オレが望む最大の悦楽。
しかし、自分を嫌いになるというのは、自分への期待の裏返し。
人間という存在への期待だ。
これ以上誰も傷つけたくない、という叫びから生まれる自己嫌悪《けんお》だ。
だから――少女は夢を見た。

もしかしたら、どこかにクソじゃない人間もいるかもしれない。

生まれながらに他人の幸せばかり願ってるような人間が。

言い訳を纏《まと》うことなく、欲望のままに他者を想える〝業突く張り〟が。

そんな誰かがいるのならこれ以上、誰か《セカイ》を嫌いにならなくていい。クソなのはオレだけなのだと誰か《セカイ》に希望を持てる。自分のことは許せなくとも、誰かのことは許せる。誰かを大切にして、愛して、与えて、信じることができる。

そして、
赤黒い汚泥《おでい》に満ちた記憶の果てに、白く輝く欠片《かけら》が現れる。

それはエリザベート・ドラクリア・バラスタインとの出会いの記憶だった。

世界への希望が満ちる。

『それだけでオレには充分、だった。満た――された。だからッ！』

もはや、それはエリザへ向けられた言葉ではない。

朦朧《もうろう》とする意識の中で、吐き出される叫び。

それは自身の魂魄《こんぱく》に刻みこんだ、ただ一つの行動原理。

〝武装戦闘メイド〟となりこの身を燃やし尽くすと決めた、自らへの誓約――

『たとえこの身が朽ち果てようとも、
オレはエリザの願いを叶《かな》えてみせると誓ったんだ！』

エリザベートが担ぐラットの覗き穴《スコープ》。

その向こうで、リチャードが炎剣《レイバテイーネ》を両手で構えた。

頭上へと掲げ、今まさに振り下ろそうと――

念話。

『エリザぁぁぁぁぁぁぁぁぁああああああああああああああッ』

待ち望んだ合図。

引き金《トリガー》を――引き絞った。

エリザの意志を受け止め、誘導弾のロケットブースターが点火する。

無音のまま発射機から飛び出したミサイルは安定翼を展開。続いて点火されたメインロケットモーターが左右から炎を噴出させて誘導弾を更に加速させる。安定翼は誘導弾を空高く上昇させ、ミサイルの赤外線画像シーカーが下方でリチャードが掲げる炎剣《レイバテイーネ》を捉えた。

二種ある誘導方法のうち、選んだのは上空から戦車を狙うための『ダイブモード』。

〔音響制御式〕の加護を受け、対戦車誘導弾はリチャードへ向けて急降下。

落ちゆくは成形炸薬《HEAT》を内包した誘導弾《窮鼠の牙》。

下されるは【断罪の劫火《ごうか》】への天罰《トップアタック》――‼

「――――っ、」

思わず、拳を握った。

――直撃だ。

覗き穴《スコープ》の向こうで〔爆裂式〕のような炎と煙が噴き上がる。同時、白煙の中から何かが飛びだした。それは吹き飛ばされていく炎剣《レイバテイーネ》。個魔力《オド》の供給を失った炎剣《レイバテイーネ》は、白炎の刀身を五叉《また》の鞘《さや》に格納して斜面へと突き刺さる。

騎士は〔爆裂式〕を受けたくらいで武器を取り落としたりなどしない。

つまり、リチャードは斃《たお》れたのだ。

「マリナさん！」

立ち上がり、エリザは爆煙の向こうにいるはずのマリナの姿を捜す。

あの爆発に巻き込まれて果たしてマリナは無事なのか。エリザの個魔力《オド》を大量に送り込むことで魔力の膜を作り爆炎を防ぐという話だったが、この目で確かめたかったのだ。

エリザは乏しい月明かりを頼りに、魂魄人形《ゴーレム》の赤髪を見つけようと、

「え、」

白煙の合間に見えたのは、白銀の甲冑《かっちゅう》。

――瞬間、閃光《せんこう》が煌《きら》めいた。

◆◆◆◆

その時マリナが見たのは、爆破されるチェルノート城の城壁だった。

「エ、リザ――」

呆然《ぼうぜん》と、マリナは己《おの》が主人《あるじ》の名を呼ぶ。

――しかし煙が晴れた後に現れたのは、無残に破壊された城壁だけ。

そこに人影は、ない。

「……やってくれたな、クズども」

対して、リチャードは健在だった。

悪態を吐《つ》く騎士は、城へ向けていた左腕を降ろす。

つまり、城壁を爆破したのはコイツだ。

〔爆裂式〕か何かを扱える武器を〔騎士甲冑《サーク》〕に仕込んでいたのだろう。

無論、リチャードも無傷ではない。弾頭が直撃したと思われる右腕は吹き飛び、甲冑の兜《かぶと》は砕け散って、右半分が焼け爛れた面貌を晒《さら》してはいる。——だが、それだけだ。

仲村マリナの立てた作戦は全て上手《うま》くいった。

あらゆる可能性を想定し、できうる限りの不測の事態に備え、魔導式という魔法さえも理屈に組み込み、自身の命まで賭け金にして挑んだ大勝負は——どこまでも完璧にマリナの思惑通りに進行した。

そして、負けたのだ。

マリナが持つ全てを費やしてそれでも尚《なお》、届かない。断罪の劫火を消し去るには、あまりに無力だった。

ふと、熱で白濁した眼球がマリナを見下ろした。

ギリリと、リチャードは苦々しく歯を食いしばる。

「貴様ら家畜ごときが、俺の右腕を奪うなど——！」

残った左腕が伸び、マリナの頭部を掴《つか》み上げる。

「貴様を殺すくらい、ティーネがなくともなぁ……」

ミシリ——、と魂魄人形《ゴーレム》の頭蓋が軋《きし》みを上げた。

痛い。

だがマリナに抵抗する術《すべ》はない。手も足も既にない。賭け金として費やした。

くそ。

またか。

また、何もできずに死ぬのかオレは――。

せっかく、尽くしたいと思える相手を見つけたっていうのに。

仲村マリナは絶望を胸に瞳を閉じようと、……………………………………………………………………チクショウ。

――ふと、光を見た。

それは月光を孕《はら》んで煌《きら》めく銀の絹糸。

風になびくそれが、遠く、リチャードの背後で揺れていた。

鮮血を滴《したた》らせ、焼け焦げたドレスを身に纏い、農作業で鍛えた脚で一直線に駆けてくる。

あれは、オレのだ。

オレの主人《あるじ》だ。

オレの可愛《かわい》い公女様――

――――――――――――エリザベート・ドラクリア・バラスタイン‼

「なんだ、」

マリナの瞳に光が戻ったことに気づいたのだろう。リチャードが背後を振り返り、そして目にしたエリザの姿にリチャードは目を見開いた。

破れたドレスを引き千切り、歯を食いしばりながら猛然と斜面を駆け下りるエリザは、その両手に何かを抱えていた。

それは、エリザが家族を失ってから、ずっと握ってきたもの。

それは、エリザが愛する民草のため手に取ったもの。

それは、土を掘り起こし、畑を耕すために振るうもの。

長い木の柄の先に、金属の平たい刃がついた農具。

遂《つい》に二人のもとへ辿《たど》り着いたエリザは、リチャードの背後でソレを振り上げる。

「その娘《こ》はわたしのぉ――」

エリザが振り上げたのは、

「――メイドだぁッ!!」

農作業用の、鍬《くわ》だった。

「――ガ、」

振り下ろされた鍬はリチャードの後頭部を直撃。そのまま項《うなじ》に突き刺さり、リチャードは焼け焦げた地面へと倒れ伏した。

そして当然、リチャードに掴み上げられていたマリナも地面へと投げ出される。

だが、それでもマリナの瞳はエリザの姿を捉え続けていた。

もう、見失いたくなかったのだ。

荒く息をつき、額から血を流し、焼け焦げた身体《からだ》を無理矢理動かしている主人《あるじ》の姿を。

「マリナさん！」

今度こそリチャードが動かないことを確かめ、エリザはマリナへと駆け寄ってきた。

片眼鏡《モノクル》もメイド服もなく、赤髪は泥に塗《まみ》れ、胸より上しかない魂魄人形《ゴーレム》の身体を、エリザはそっと膝の上に抱く。血を流し火傷《やけど》を負っている自身よりも大切に、壊さないよう、マリナを抱き上げる。

そんな姿を、主人《エリザ》の膝から見上げてマリナは思う。

ああ、オレの目に狂いはなかった。

やっぱりコイツは、イイ女だ。これなら納得して死ねる。笑って死ねる。

でも、そうだな。

できることなら、一回くらい美味《う》い紅茶を飲ませてやりたかった、かな………。

「マリナさん？　しっかりしてマリナさんっ⁉　マリナぁッ‼」

主人《あるじ》の声に包まれて、安堵《あんど》とともに仲村マリナは瞳を閉じた。

再装填《Reload》：そして契約は果たされた

そうして、ナカムラ・マリナが消えてから1ヶ月が過ぎた。

〔炎槌《えんつい》騎士団〕が起こしたチェルノート襲撃事件。停戦協定の破棄を目的としたソレは、ブリタリカ王政府に大きな衝撃をもたらした。国家への反逆にも等しいそれを、王国随一の騎士団が引き起こしたという不祥事。ブリタリカ国王シャルル七世は即座にチェルノートへ調査団を派遣、当事者たちを査問会へ招集した。

当然、エリザへの追及は厳しいものとなった。本当に帝国との繋《つな》がりはなかったのか、領地の運営に瑕疵《かし》がなかったのか、どうやって〔炎槌騎士団〕を討ち倒したのか――。

何の後ろ盾もないエリザが無罪放免となったのは、単に政治の結果に過ぎない。

リチャードを擁していた『開戦』を望む貴族派閥と、『安定』を望む王室。〔炎槌騎士団〕を失った前者と、国家不安を憂う後者との間で落としどころが探られ――――結果、事は〔炎槌騎士団〕の誤解に端を発した貴族同士の決闘として処理された。

そしてエリザには決闘の勝利の証《あかし》として、爵位とかつての領地の一部が返還された。

何から何まで政治の都合だったなぁ、とエリザは嘆息する。

まあ、口止め料代わりに町の復興資金が支払われたので、とりあえず良しとする。お陰で形だけだが町は概《おおむ》ね再建できた。更に余ったお金でかつて父に仕えていた騎士たちを雇うこともできたのだ。町の人たちに報いることができるのであれば、わたし自身の気持ちはどうでもよい。

——遠く、天馬《ペガサス》の嘶《いなな》きが響く。

つられて、辺境伯となったエリザはトマトの苗から顔を上げた。既にチェルノート城は短い夏を迎えている。天馬《ペガサス》は子育ての真っ最中。アレもその内の一頭だろう。

何かから逃げるように空を飛び去る天馬《ペガサス》を見送り、エリザはトマトの収穫に戻る。と、

「おひい様」

声に振り向くと、トマトの苗を苦労して避《よ》けるミシェエラの姿があった。

「どうしたのミシェエラ」

「王室枢密院から伝声式具《でんわ》がありまして……。手が空き次第、連絡が欲しいと」

エリザは記憶を手繰るが、特に思い当たる節はない。またぞろ何か〝政治〟の厄介ごと

に巻き込まれるのだろうか。

まあそれも貴族のお仕事か。エリザは手についた土を払って立ち上がる。

「それじゃ、ちょっくらクソ役人の相手でもしてきますか」

途端、ミシェエラが顔をしかめる。

「おひい様、ちょっと口が汚いですよ」

「そうかしら?」

「そうですよぉ。――まったく、誰から影響を受けたんだか」

――それは、

「さあ誰かしら。それよりエンゲルスさんに伝言をお願いしていい? 新しく畑を開墾したいから農具の点検をしてくれないかって」

「え、ええ、おひい様……」

エリザは『しまった』という表情を浮かべるミシェエラへ農作業用の手袋を渡し、城の執務室へと向かった。

と、
城へ足を踏み入れた途端、伝声式具の音が耳に届いた。

待ちきれずにかけ直してきたらしい。これは本当に厄介ごとかもしれない。エリザはひとり肩をすくめ、城の中を進んだ。

城の中は、相変わらず〝空っぽ〟だ。

もちろん以前よりは物は揃《そろ》っている。エリザの私室や応接間だけでなく、書斎や執務室を整えることができた。今度、王室から家臣団を借り受ける予定なので、彼らの居室も準備中。いずれは貴族の城としてそれなりの体裁が整う。

それでも空虚さを感じるのは、そこに赤髪のメイドがいないからだろう。

そして、その喪失が埋められることは決してない。

途端、エリザの足が硬直した。

自身を支えていた何かが折れ、枯れたはずの涙が湧き上がる。家族以上の何かを失った悲しみがエリザを呑《の》み込もうと――それを、壁を殴りつけて振り払った。

――しっかりしなさいエリザベート・ドラクリア・バラスタイン。

――誰に領主にして貰《もら》ったのか忘れたの？

――ここで立ち止まることを、彼女が喜ぶと思うの？

それは何度も繰り返した自問自答。

エリザは何とか自分を取り戻し、執務室の扉を開く。途端、やかましくがなり立てていた伝声式具《でんわ》は音を止めてしまった。「遅かったか」とエリザは独り嘆息する。

まあ、重要な案件ならさして待たずに伝声式具《でんわ》を飛ばしてくるだろう。休憩がてら伝声式具《でんわ》を待つことにする。と、そこで執務机の上で紅茶が湯気を立てていることに気づく。ミシェエラが用意してくれたのだろう。役人との話は長引くからと気遣ってくれたのか。

エリザは「ありがとうございます」と心を躍らせ、カップを口に運び、

「——まっず」

エリザは顔をしかめ、思わずナプキンで口を拭う。

尋常でない不味《まず》さだった。ミーシャったらどうしたのかしら。こんなもの一度だって出したことないのに。と、今度はどこからか鉄を叩《たた》くような音が執務室へ届く。『カーン、カーン』という音は裏庭の方から聞こえてくるようだった。どこかで聞いたような音だ、とエリザは首を傾《かし》げる。けれど口の中に残る苦みのせいで思考が捗《はかど》らない。

ああ、こんな不味い紅茶ほんとう久しぶり——

久しぶり。

思わず駆けだした。

自慢の銀髪《ブロンド》が乱れるのも、廊下に土を撒《ま》き散らすのも構わず、城の裏庭へと向かう。

だって、
もしかしたら、そこに。

裏庭へ続く扉を叩き開いた。

だが、

「おぉ！　え？　公女さん？」

裏庭にいたのは、商会の荷役のエンゲルスだった。

目を丸くしているエンゲルスの周りには鋤《すき》や鍬《くわ》が並んでいる。彼はその農具の中で刃床が折れ曲がったものを金槌《かなづち》で叩いて直している最中のようだった。

つまり、先ほどの音の主はエンゲルスだったのだろう。

エリザはミシェエラを通じて農具の点検を頼んだことを思い出す。

「すんません公女さ――じゃねえ辺境伯。ウルさかったですか、これ？」

「…………いえ、そういうわけじゃないの。ごめんなさい、止めちゃって」

エリザは微笑《ほほえ》みで誤魔化す。

――そうだ、彼女がいるわけがない。

1ヶ月前のあの時、ナカムラ・マリナは魂魄《こんぱく》を削り取られて永遠の眠りについた。

魂魄人形《ゴーレム》は死者の魂を人型《ひとがた》に成形し生命として成立させたもの。つまり魂魄人形《ゴーレム》が腕を失えば、その分だけ魂の総量が減ることになる。それでも腕程度なら、後からエリザの個魔力《オド》を補填すれば済む。残った魂が欠損部を再構築するからだ。

——だが、マリナが失った魂の総量はあまりに多過ぎた。

知り合いの錬金術士に新しい人型を用意して貰《もら》い、仲村マリナの魂魄を移し替えても、彼女が目を覚ますことはなかった。『もうヒトとして成立できるだけの魂が残っていない』錬金術士のその言葉が、エリザの脳内に今日まで反響し続けている。

こんなことってない。

エリザはリチャードとの戦いの最中に垣間《かいま》見《み》たマリナの記憶を思い出す。

彼女は散々苦しんだのだ。罪の意識に。自分自身へ殺意を抱くほどの自己嫌悪《けんお》に。彼女の戦いはどれも彼女が望んだものではなかった。だが、そのために多くの人を殺したことを認められずにいた。たしかに口は悪いし、猜疑《さいぎ》心の塊だし、必要なら平然と嘘を吐《つ》くような娘《こ》だったけど——それを死ぬほど後悔できる優しい娘だったのだ。

そんな優しい娘が報われることなく再び死ぬなんて、それこそ許されない。

——許せないのに、何もできない自分が、悔しい。

エリザは握り締めた拳を背中に隠し、いつもの笑顔を作る。

「そういえばミーシャが今どこにいるか分かりますか？　確認したいことがあって」

「へ？　あのお婆《ばあ》さんですかい？　今日は見てねえですけど」

「——？　じゃあ、これは誰に頼まれて、」

「エンゲルスさん、こちらもお願いします」

振り向く。

——灼《や》けるような赤髪が風に揺れていた。

大きな丸い片眼鏡《モノクル》に、普通のそれとは異なった、少しだけ派手なメイド服。

倉庫から集めてきたらしい農具を脇に抱え、悠然とこちらへ歩み寄ってくる。

あれは、わたしのだ。

わたしのメイドだ。

わたしの可愛《かわい》いメイド——

「マリナ、さん」

「おう、久しぶ——ってうおっ」

その大きな人形の身体《からだ》を抱きしめる。魂の温《ぬく》もりを頬《ほお》に感じる。自然、口から「良かった……、良かったぁ……」という言葉が漏れた。涙が溢《あふ》れて、彼女のメイド服を濡《ぬ》らしてしまう。申し訳ないと思っても、止められなかった。

もう何があっても手放したくない。決して逃したくない。

だって——ナカムラ・マリナがここにいるのだ。

どれほどそうしていただろうか。「エリザ、大丈夫だから」と言われ、ようやくエリザは絡《から》めていた腕を放した。涙を流しすぎて痛くなった目を拭って、まずは問う。

「でもどうして？　もう目は覚まさないって言われて」

「それは公女さんのお陰だな」

再び、聞き覚えのある声。

「——いや、今はもう辺境伯なんだったか。随分偉くなっちまってまあ」

振り向いた先。苦笑していたのは、羊飼いの格好をした魔導士——ダリウスだった。

ダリウスは魔杖《まじょう》で肩を叩きながら、二人の様子を呆《あき》れた表情で眺め、

「あの戦いでこのメイドの記憶やら何やらが辺境伯に逆流しただろ？　あれは謂《い》わば魂の情報の複製《コピー》だ。それが念話の経路《パス》から流れ込んで、コイツの魂を修復したのさ」

仮説だけどな、とダリウスは肩をすくめる。

「ま、どっかの誰かが四六時中メイドのことを考えてたから起こった奇跡ってやつだ」

頰が紅潮するのを感じる。

エリザは思わずマリナから距離を取り、意味もなく服の埃《ほこり》を払った。よし。

「えっと、どうしてダリウスさんがここに？　王都の魔導院に転属したって」

「それはこの〝ブソーセントーメイド〟とやらに訊《き》いてくれ」

「？」

マリナへ視線で問いかける。というかマリナの修復も王都で行われていたはずだ。王都からチェルノートまでは陸路で数週間かかる。一体どうやってここまで来たのか。

そのエリザの視線に、マリナは恥ずかしそうに頰をポリポリと掻《か》いて、

「いやあ、目ぇ覚めたら死体安置所みたいなとこにいたから驚いちまって。ちょっと騒ぎを起こした隙に天馬《ペガサス》かっぱらって、ちょうど通りがかったコイツに操縦させてここまで飛んできたんだ」

「――え？　え……ちょっと待ってマリナさん。王都で騒ぎを起こしたの？　しかも天馬《ペガサス》を盗んだって――まさか、近衛《このえ》隊の？」

頭が真っ白になる。どれをとっても国家反逆罪に等しい行為だ。

と、再び執務室の伝声《でんわ》式具が鳴り響く。用件は、火を見るより明らかだろう。

賠償金の額が脳裏を駆け巡り、ガラガラと領地の運営計画が崩れていく。

「なあ、エリザ。ちょっと言いにくいんだけどさ」

「えッ⁉　他にもまだ何か盗んできたの⁉」

これ以上は買ったもの全部売っても無理！　借金のアテもないのに！

血の気が引いていくエリザとは裏腹に、何故《なぜ》かマリナは頰を染め、バツが悪そうにメイドキャップを取って頭を掻く。

それだけで、何を言おうとしているのか分かってしまった。

「今日戻ってきてからさ、廊下も掃除したし、畑の手入れもしたんだ。あとはこの農具を直してさ、そうしたら今日の飯も買いにいくし、貴族の客用の菓子とか酒とかも買ってくるし、バ……じゃなくてミシェエラとも仲良くする。紅茶を淹《い》れるのは失敗しちまったみてえだけど、またちゃんと勉強するからさ。だからさ――」

マリナという少女は、こちらを不安そうに見下ろして、

「オレを、メイドとして雇って欲しい」

だめか？

そう赤髪の魂魄人形《ゴーレム》は問いかける。

思わず、顔をしかめた。

「何を言ってるの？」

本当に馬鹿なことを言う娘《こ》だ、とエリザは思う。

そんな内心が顔に出たのだろう。マリナの表情は失望と諦観に墜《お》ちていく。

だから。

ちゃんと言葉にして分からせてあげることに決めた。

「あなたはもう――とっくにわたしのメイドでしょう？」

多分その時、わたしは初めてナカムラ・マリナという少女の笑顔を見たのだと思う。

これはちょっと、他の人には見せたくない。

あとがき

はじめまして、忍野佐輔《おしのさすけ》と申します。

本作はカクヨムで『メイド in 異世界《ファンタジア》』として連載していたものに、加筆修正を加え『武装《ぶそう》メイドに魔法《まほう》は要《い》らない』と改題してまとめたものになります。

主人公二人――マリナとエリザの関係性を強化しつつ、より面白くなるよう改稿させて頂いたつもりですが如何《いかが》だったでしょうか？

この物語は忍野の好きなものを詰め込んだものとなっております。重火器を振り回すメイド、民への愛が重い若き領主、彼女らに振り回されるオッサン、唯我独尊な貴族と彼を支える忠臣、そして現代兵器の数々。それらの要素を読者の心に届けるための成形炸薬弾――それが本作です。貴方《あなた》に衝撃と感動を与えられたのなら幸いです。

以下、謝辞です。一巻のため少し長くなります。

まず、イラストレーターの大熊《おおくま》まい様。忍野の拙《つたな》い説明から、素晴らしい登場人物をデザインして頂きありがとうございました。主人公二人に惚《ほ》れたのは勿論《もちろん》なのですが、個人的にはダリウスのデザインが予想以上に素晴らしかった。次巻以降、彼女／彼らのデザインが映えるよう活躍させたいと思います。

続いて担当編集者様。なんの実績もない本作を「もっと世に広めなければならない」と声をかけて頂きありがとうございました。ここには書き切れませんが、出版作業に慣れない忍野を丁寧にサポートして頂きまして、本当にありがとうございます。

また、この作品を一冊の本とするためご尽力頂いた関係者の皆様。皆様のお陰で本作はライトノベルとして世へ羽ばたけます。本当にありがとうございます。

そして本作のＷＥＢ版を応援し続けてくださった読者の皆様。

更新が止まりがちな本作を根気よく追いかけ、感想や応援を頂き本当にありがとうございます。皆様のお陰で書き続けることができました。作品の方で恩返しさせて頂きます。

最後に、この本を手に取って頂いた貴方。

何の実績もない本作を手に取ることはギャンブルだったと思います。それでも手に取って頂いたことに感謝致します。払ったお金以上の何かをお返しできたのなら幸いです。

それでは、読者の皆様とまたお会いできる日を心待ちにしております。

忍野佐輔

お便りはこちらまで

〒一〇二―八一七七
ファンタジア文庫編集部気付
忍野佐輔(様)宛
大熊まい(様)宛

富士見ファンタジア文庫

武装《ぶそう》メイドに魔法《まほう》は要《い》らない

令和3年3月20日　初版発行
令和4年6月5日　再版発行

著者――忍野佐輔《おしのさすけ》

発行者――青柳昌行
発　行――株式会社KADOKAWA
〒102-8177
東京都千代田区富士見2-13-3
0570-002-301（ナビダイヤル）
印刷所――株式会社KADOKAWA
製本所――株式会社KADOKAWA

※定価はカバーに表示してあります。
●お問い合わせ
https://www.kadokawa.co.jp/（「お問い合わせ」へお進みください）
※内容によっては、お答えできない場合があります。
※サポートは日本国内のみとさせていただきます。
※Japanese text only

ISBN978-4-04-074022-5 C0193　◆◇◇

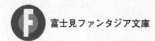

切り拓け！キミだけの王道

ファンタジア大賞

原稿募集中！

賞金

《大賞》**300**万円

《金賞》**50**万円　《銀賞》**30**万円

選考委員		
細音啓	「キミと僕の最後の戦場、あるいは世界が始まる聖戦」
橘公司	「デート・ア・ライブ」
羊太郎	「ロクでなし魔術講師と禁忌教典（アカシックレコード）」

ファンタジア文庫編集長

前期締切 **8**月末日

後期締切 **2**月末日

公式サイトはこちら！ https://www.fantasiataisho.com/

イラスト／つなこ　電撃文庫／メディアワークス文庫